大魚讀品
BIG FISH BOOKS

让日常阅读成为砍向我们内心冰封大海的斧头。

# 我的眼珠子吗？
# 猫咪会吃掉

[美] 凯特琳·道蒂 ___ 著

崔倩倩 ___ 译

中国友谊出版公司

谨以此书献给未来各个年龄段的尸体们。

# 目录
## CONTENTS

001    写在开始之前

006    在我死后，我的猫会吃掉我的眼珠子吗？

011    宇航员的尸体在太空中会怎样？

019    我能在父母死后保留他们的头骨吗？

027    我死后，我的尸体会不会坐起来说话？

033    我们把宠物狗埋在了后院，如果现在把它挖出来，它会是什么样子呢？

038    我的尸体能像史前昆虫一样保存在琥珀中吗？

045    为什么人死后会马上变色？

051    骨灰盒那么小，是如何盛下整个火化后的成年人的呢？

057    我死时会拉裤子吗？

062    连体双胞胎总是同时死去吗？

069    如果我在做鬼脸时碰巧死了，我的脸会不会永远都是那个样子？

074    我们能给祖母办一个维京葬礼吗？

082    为什么动物不把所有的坟墓都刨开呢？

088    如果我在临死前吃下一袋爆米花，火化时会发生什么？

095    卖方一定要告诉买方房子里死过人吗？

101    如果我只是昏迷，别人却以为我死了，把我埋了怎么办？

109    飞机上有人死了怎么办？

115    埋在地下的尸体会让地下水变味吗？

122    我去看了一个展览，里面有一些没有皮肤的尸体在踢球，我死后
       也能被做成这个样子吗？

128    如果有人在吃饭时死了，他肚子里的食物还会被消化吗？

133    每个人都能装进棺材吗？如果是个子特别高的人呢？

141    死人也能献血吗？

147    鸡死了可以吃，人死了为什么不能吃呢？

153    如果尸体太多，墓地不够用了怎么办？

160　　人真的会在临死前看到一道白光吗?

165　　为什么虫子不吃人的骨头?

170　　地面冻得太硬,没法挖坟怎么办?

178　　你能描述一下死尸的味道吗?

185　　如果士兵死在离家很远的战场上,别人找不到他们的尸体怎

　　　　么办?

192　　我能和我的仓鼠埋在一起吗?

198　　人被埋葬后,头发还会在棺材里继续生长吗?

203　　我能用人类遗骨做首饰吗?

208　　没用布裹起来的木乃伊很臭吗?

216　　我给祖母守灵时,发现她身上裹着塑料布,殡仪馆为什么这

　　　　么做?


223　　致谢

# 写在开始之前

嗨！是我，凯特琳，就是那个网红殡葬师，或者是上过美国国家公共电台节目的那个死亡专家，或者是把水果麦圈和装在相框里的"王子"[1]照片作为生日礼物送给你的怪人。不同的人眼中有不同的我。

## 这本书是讲什么的？

很简单，内容都是我从收到的有关死亡的问题中挑选并回答的那些最独特、最有意思的问题，没有太空火箭那么高难度，放心吧，朋友们！

---

1  译者注：Prince，美国传奇歌手，艺名"王子"。20世纪80年代，他是与摇滚巨星迈克尔·杰克逊齐名的流行音乐天才。

（注意：有些问题的复杂程度其实不亚于太空火箭，详情请参考"宇航员的尸体在太空中会怎样？"）

## "为什么大家会问你这么多有关死亡的问题？"

好吧，再说一遍，我是个殡葬师，而且是一名愿意回答各种奇怪问题的殡葬师。我曾经在火葬场工作，在学校学习过防腐知识，周游世界研究死亡文化，还开办了一家殡仪馆。此外，我还极度痴迷于尸体，不过不是以那种奇怪的方式喜欢（此处应有我紧张的笑声）。

我在美国、加拿大、澳大利亚、新西兰以及欧洲做过演讲，主题都是与死亡有关的奇人妙事。我最喜欢演讲后的问答环节，因为我能从人们的口中听到他们对腐尸、白骨、防腐、头部创伤、柴堆火葬等具体事物怀有深深的迷恋。

所有与死亡有关的问题都是好问题，但最直接、最大胆的问题来自孩子们（家长请做好笔记）。在此之前，我以为小孩只会问一些单纯、美好的问题。

事实证明我错了。哈！

青少年往往比成年人更有胆量，洞察力也更加敏锐，一点儿都不惧怕血淋淋的画面。他们好奇宠物鹦鹉的灵魂是否能永恒，但他们更想知道的是放入鞋盒并埋在枫叶树下的鹦鹉尸体多久才会腐烂……

所以，这本书收录的所有问题均来自精心饲养、自由行走的有机儿童。

## "你不觉得这有些变态吗？"

听好了：对死亡感到好奇很正常。有些人随着年龄的增长，逐渐认为探究死亡是一种"变态"或"异常"的行为。这些人带着对死亡的恐惧成长，指责他人不该对死亡感兴趣，企图以此让自己离这个话题远远的。

这是一个问题。这样的人大多数是死亡方面的"文盲"，这种无知让他们更加心存恐惧。光是知道防腐液的成分、验尸官的职责、地下墓室的定义，你的知识量就已经远超其他人了。

平心而论，死亡这件事确实令人痛苦。所爱之人离我们而去，让我们感到命运的不公，何况死亡有时是那么残暴、突然，让人悲伤得难以承受。但死亡也是事实，不会因为我们不喜欢而改变。

死亡是无趣的，但"学习死亡"是一件有趣的事。死亡是科学，是历史，也是艺术与文学。死亡把每一种文化联结在一起，实现了人类大团结！

包括我自己在内的许多人都相信，通过拥抱死亡、学习死亡、多多提问，我们能够控制恐惧情绪蔓延。

**"这么说的话，在我死后，我的猫会吃掉我的眼珠子吗？"**

问得好，我们就从这个问题开始吧！

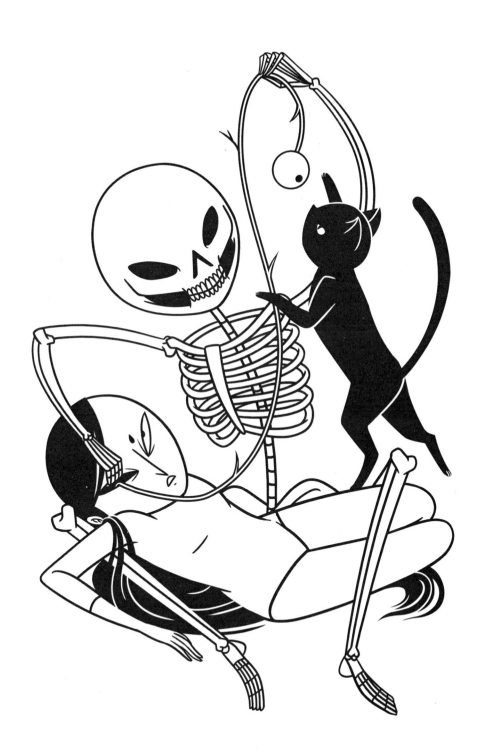

# 在我死后，
## 我的猫会吃掉我的眼珠子吗？

你的猫不会吃掉你的眼珠子 —— 起码立刻不会。

别担心，你家猫咪"肉松"不会躲在沙发后观察并等待你断气的那一刻，然后来一出"斯巴达人！今夜，让我们在地狱畅饮！"[1]的戏码。

在你死后的几小时甚至几天内，"肉松"都会等你起身往它平时用的食盆里倒满食物，不会直接朝你的尸体下嘴。但是，猫负责吃，人负责喂，人和猫之间的这种契约不会因为你的死亡而破裂。如果你在客厅突发心脏病倒下，下周四时才被本应和你一起喝咖啡的朋友发现，饿着肚子且耐心尽失的"肉松"将在此期间抛弃它的空食盆，来到你的尸体前看看有啥可吃的。

---

1 译者注：这句话出自《斯巴达300勇士》。

猫倾向于最先食用柔软的、暴露在外的人体部位，比如脸和脖子，尤其喜欢吃鼻子和嘴。它们也喜欢眼珠子，但相比之下还是青睐那些更嫩、更好下嘴的部位，例如眼皮、嘴唇和舌头。

"我最爱的小宝贝为什么想吃掉我呢？"你问道。请记住，不管你有多爱家里的"毛孩子"，都不能否认它有95.6%的DNA与狮子相同，它是一个机会杀手。猫每年猎杀37亿只鸟类（这只是美国本土的数据），如果再算上哺乳类小可爱，比如老鼠、兔子、田鼠等，这个数字将达到200亿只。这是一场惨烈的杀戮——由我们的猫主子发起的、血洗森林里软萌小动物的大屠杀。你说"抱抱先生"是个甜心？"当然，它正陪我一起看电视呢！"你错了，"抱抱先生"是个猎食者。

（对你的尸体来说）好消息是，那些带有狡猾、邪恶名声的宠物不具备吃掉饲主的能力（和兴趣）。举个例子，蛇和蜥蜴就不会吃掉你的尸体——除非你养了一条完全成熟的科莫多巨蜥。

好消息到此为止。坏消息是，你的狗一定会吃掉你。"哦，不！"你大叫道，"那么狗就不是人类最好的朋友了！"你说对了。"菲菲宝儿"会大吃特吃你的尸体，不带有一丝悔恨。有些案件中，法医一开始以为现场发生了残暴的命案，后来才发现是狗把尸体搞成了那个样子。

　　不过，你的狗不会在一开始就把你的尸体撕碎。多数情况下，"菲菲宝儿"会先试着弄醒你。它会焦虑、紧张，因为它知道自己的主人出事了。这时，它会一点点咬掉你的嘴唇，就像你咬指甲或者刷新社交软件那样——谁都有缓解焦虑的小方法！

　　我知道一个非常悲伤的故事。主人公是一个40多岁的女酒鬼，每次她酒精中毒陷入昏迷时，她的爱尔兰红色蹲猎犬都会去舔她的脸或咬她的腿，试图把她弄醒。后来她再也没醒过来，人们发现她时，她的鼻子和嘴已经没有了。原来那条猎犬想要弄醒她，但不管怎么做都没有用，只好加大力度，尝试了一次又一次。

　　有些法医——听说过"法医学兽医"这个职业吗？——重点研究大型犬的尸体破坏模式。比如，有的德国牧羊犬抠出了主人的一对眼球，有的哈士奇吃掉了主人的脚趾。但事实上，狗的体形大小与破坏尸体的能力无关。就拿一只名叫"侏儒怪"的吉娃娃来说吧，它的新主人在社交网络上发了一张它的照片，略带炫耀地"透露"道："它（原来）的主人死了好一阵儿，一直没人发现，它为了活下去，只好把他吃了。"听起来"侏儒怪"根本就是一个胆大心细的求生专家嘛。

一想到狗会对我们的死亡感到紧张和难过，我们好像就不那么在意尸体被吃掉了。我们对宠物产生了感情上的依赖，希望宠物会在我们死后感到哀伤。我们为什么会有这样的期待呢？这就像人类以死掉的动物为食（好吧，素食者除外），我们的宠物也以死掉的动物为食，很多野生动物还吃腐烂的尸体。就连那些顶级猎食者——狮子、狼、熊——也会心满意足地吃掉在领地内发现的动物尸体，饥肠辘辘的时候尤甚。食物就是食物，你都已经死了，就让它们好好吃一顿呗，让它们带着品尝过血腥的体验继续活下去。"侏儒怪"万岁！

# 宇航员的
# 尸体在太空中会怎样？

---

"太空""尸体"，简单的两个词，问题可不少。

宇航员尸体的命运与广阔无垠的太空一样充满未知。迄今为止，还没有人类出于自然原因在太空死亡。目前有 18 名宇航员遇难，但都是由太空灾难造成的："哥伦比亚"号航天飞机事件（飞机解体造成 7 人死亡）；"挑战者"号航天飞机事件（升空后解体造成 7 人死亡）；"联盟"11 号飞船事件（返回时压力阀门被震开，导致 3 人死亡，是唯一一起发生在太空中的死亡事件）；"联盟"1 号飞船事件（返回舱降落伞故障造成 1 人死亡）。这些都是重大事故，遗体状态不同，却都相对完整。但是，如果有宇航员在太空行走时突发心脏病或其他事故，或者在去往火星的路上被干燥处理后的冰激凌卡喉，我们就不知道会发生些什么了。"嗯……休斯顿，我们应该先把尸体放进维修舱，还是……"

在讨论如何处理太空中的尸体之前，我们先来看看，在没有重力、没有气压的环境中，死亡是什么样子的。

以下是假设情景。假如一个宇航员（姑且让我们叫她丽萨博士吧）在空间站外例行检修时磨洋工（宇航员有机会磨洋工吗？他们做的每一件事好像都有明确的意图，而且都是技术活儿。如果只是确保空间站外表干净，也要大费周章地进行太空行走吗？），突然，一颗小小的陨石飞来，把丽萨鼓鼓囊囊的白色宇航服撕开了一个大洞。

与科幻电影和小说里描述的不同，丽萨的眼睛不会从眼眶里凸出来爆掉，身体也不会爆裂成冰块和血块四处飞溅。虽然现实情况没有这么戏剧化，但丽萨还是要迅速采取对策才行，因为从宇航服破裂到她昏迷，只有 9 ~ 11 秒的时间。这个时间段估算得过于细致了，有些吓人，我们就算 10 秒吧。她有 10 秒钟的时间回到密封舱，但如此迅速的减压过程很有可能使她休克。这位磨洋工的可怜人，还没搞清楚自己发生了什么就死了。

太空的低气压环境是导致丽萨死亡的罪魁祸首。人类的身体习惯在地球的大气压力下运转，这股压力就像一条巨大的安慰毯似的裹在人身上。气压消失的那一刻，丽萨体内的气体发生膨胀，身体中的水分也会汽化，肌肉里的水分变为气体，在皮肤下聚集，把她的身体变成平时的两倍大。也就是说，这时的丽萨变得和紫罗兰·博雷加德[1]一样古怪，但这并不是致其死亡的主要原因。低气压会使丽萨血液中的氮气形成气泡，引发剧烈的痛感，与深水作业人员罹患潜涵病后的情况类似。9～11秒后，丽萨陷入昏迷，不久就能从痛苦中解脱。她继续飘浮、膨胀，完全不知道自己发生了什么。

　　一分半钟后，丽萨的心率和血压迅速下降（这时血液会沸腾）。由于内外压力差异过大，她的肺部撕裂并穿孔，造成出血。如果不立即采取措施，丽萨将窒息而死，变成一具太空尸体。别忘了，以上都是假设。我们在此方面知之甚少，仅有的信息也来自在低压舱里进行的实验，以及参与实验的可怜人类和更加可怜的动物。

　　丽萨的同事把她带回空间站，可惜为时已晚。安息吧，丽萨博士。现在问题来了，她的尸体该怎么处理呢？

　　虽然没公开谈论过此事，但美国国家航空航天局（NASA）

---

1　译者注：《查理和巧克力工厂》中爱吹泡泡糖的小女孩性格好胜，不顾禁止嚼了还未完成的神奇泡泡糖，导致身体膨胀成蓝色球体。

这种机构不可避免地在考虑这个问题。（NASA，为什么要隐瞒你们的太空尸体处理制度？）现在让我来问问你们，丽萨的尸体应该被带回地球吗？以下是不同回答所对应的情形。

**是的，应该把丽萨的尸体带回地球。**

低温会降低腐烂速度。如果丽萨返回地球（而且不想让尸体腐烂后的污物流入机舱的话），机组成员应该尽量让她保持低温状态。在国际空间站里，宇航员会把垃圾和食物储存在空间站最冷的垃圾室。这样一来，细菌的活跃度就会降低，腐烂速度也会因此减缓，宇航员也不会受到臭味的困扰。在回到地球之前，这里是安置丽萨最理想的地方。把陨落的太空英雄和垃圾放在一起也许是个不妥当的做法，但空间站地方有限，垃圾室又不缺冷藏系统，把她放在这里是最合理的安排。

**是的，应该把丽萨的尸体带回地球，但不是马上。**

如果丽萨在前往火星的长途旅行中突发心脏病死了呢？2005 年，NASA 与一家名叫"承诺"的瑞典小型企业合作开发一种能够处理并保存太空尸体的系统。这个系统被命名为"返尸"（"我正带领一具尸体返回，可惜他已经支离破碎”）。[1]

如果丽萨乘坐的航天飞船安装了“返尸”系统，她的尸体首先会被装入由戈尔特斯[2]面料制成的密封袋中，然后被推入飞船的气闸室。气闸室的温度和舱外一样，都是零下270摄氏度，这样丽萨的尸体就会处于冷冻状态。大约1个小时后，一条机械手臂会把尸体带回船舱并开启震动模式。15分钟后，丽萨的尸体被震成碎块，然后进行脱水处理。“返尸”的这一系列操作最终将把丽萨化作一堆50磅[3]重的人体粉末。理论上，丽萨的粉末在飞船上可以保存几年，返回地球后直接交还给她的家人。这和交给家属骨灰盒没什么区别，就是沉了点儿。

**不该带回地球，丽萨应该留在太空中。**

谁说丽萨的尸体一定要回到地球？有人宁愿花费至少1.2万美元，也要把自己的一小部分骨灰或DNA发射至地球轨道、月球表面或者宇宙深处。如果有机会让自己的整个遗体都飘浮在太空中，太空迷们还不得乐疯了？

---

1　原注：孩子们，这里我用了一个贾斯汀·汀布莱克歌曲的梗。你们没听说过他也没关系。

2　译者注：一种能防水也能透气的面料。

3　1磅=0.4536千克。此处为22.68千克。

与此相比，海葬倒是一直都被视为一种向水手和探险家表达敬意的安葬方式。"扑通"一声，他们便落入深海长眠。这种仪式至今仍旧存在，哪怕船上已经安装了先进的制冷和储藏设备。所以，尽管已经有了冷冻太空尸体并让机械手臂震碎的技术，我们也应该考虑一种更简单的操作：把丽萨装入尸袋带出舱外，经过太阳能帆板后便放手，任由她飘浮而去。

宇宙广阔而不可控，我们幻想着丽萨会在永恒的漂泊中前往虚无（我在飞机上看过一部太空电影，片中的乔治·克鲁尼就是这样），但八成她会沿着和飞船相同的轨道飘浮。这样一来，她就变成了太空垃圾。联合国有禁止在太空中乱丢垃圾的规定，但我觉得没人敢把这个规定用在丽萨身上。再说一遍，我们敬爱的丽萨才不是垃圾呢！

人类曾和类似的问题做过斗争，但结果惨烈。珠穆朗玛峰仅有几条登山路线可到达海拔 29 000 多英尺 [1] 的顶峰。如果你在登顶过程中死亡（至今已有 300 人丧生），让人把你的尸体带下山掩埋或火化是很危险的。现在登山路线附近到处都是尸体，每一年，后来者都得迈过身穿厚重橘色雪地服、早已白骨化的前辈前进。这种事也会发生在太空，前往

---

1　1 英尺 = 0.304 8 米。

火星的飞船每次都得路过和自己一个轨道的尸体："天哪，我们又碰见丽萨了！"

另一种可能性是，某个行星的引力会把丽萨拉近。若果真如此，丽萨就会在穿过该行星的大气层时被"免费火化"。这是因为她与大气摩擦后，产生的巨大热量会把她点燃。还有一种微乎其微的可能：丽萨的尸体被安置在自行推进的小型飞行器中（类似于逃生舱），飞行器飞离太阳系，穿越浩瀚星海来到一颗系外行星，历经千难万险后成功着陆。着陆时产生的震荡造成飞行器损坏，将丽萨尸体中的微生物和细菌孢子释放出来，从而使新生命诞生。真为丽萨感到高兴！说不定地球生命也是"外星人"丽萨创造的，对吧？也许创造出地球上第一个生命的"原初之液"，就是腐烂的丽萨？谢谢你，丽萨博士。

# 我能在父母
# 死后保留他们的头骨吗？

好极了，这是一个经典的问题。我经常被问到这个问题，次数多到吓你一跳（当然，你也可能觉得这没什么）。

等等，你先告诉我，你到底要拿他们的头骨做什么？放在你家壁炉台上当摆件？还是说玩个叛逆的，比如挂在圣诞树顶上做装饰？不管你想做什么，请记住，真人的头骨不是廉价的万圣节饰品，而是人的一部分。假设你没有恶意，那么把老爸的头盖骨放在咖啡桌上盛软糖之前，你需要完成三件事：准备资料、获取法律许可、骨骼化。

首先，我们来看看都需要哪些资料。获取摆放家人头骨的法律许可是极其困难的。因此，理论上你的父母可以起草一份授权书，明确写下他们同意你在他们死后得到其头骨，然后签字、注明日期。这和捐献遗体给科研事业前需签署相关文件的做法差不多。

以下这种方式是万万不行的——来到殡仪馆跟工作人员说："你好，这是我妈妈的尸体，你们能把她的脑袋切下来，然后把肉剔掉吗？能的话就太好了，谢谢！"不管从法律上还是从实操角度来说，任何殡仪馆都不会响应这种需求（真的，没有一家殡仪馆会答应你）。说实话，作为一名殡葬师，我自己都不知道切人脑袋要用哪种专业的工具，更别说还要把上面的肉剔下来。我琢磨着可能得把头煮一煮，然后（或者）让皮蠹科甲虫把肉啃掉。

（我的编辑在稿子的这部分留言："说句公道话，你对'除肉'还是略知一二的。"）好吧，事实的确如此，尽管我是皮蠹甲虫的业余爱好者，但我从没在人类身上实验过。这些小家伙是一群奇妙的生物，博物馆和法医实验室经常用到它们，因为它们可以在不破坏骨骼的情况下，把残留在骨骼上的腐肉一点点吃掉。这些甲虫会欢快地涌进令人恶心的、黏稠的腐物中大快朵颐，不论多细小的骨头都能被"清理"得干干净净。你不用担心自己会在参观博物馆时跌进满是这种甲虫的大坑：它们虽然属于"肉食"甲虫，但对活人没兴趣。

回到父母脑袋这个话题。就算我把他们的头砍下来了，我所就职的殡仪馆也无法合法地把头颅移交给你，因为这关系到一条将在本书中反复提到的罪名——虐待尸体罪。相关的法律在各地都不尽相同，有时看起来甚至有些随意。比如在肯塔基州，如果你对待尸体的方式"极大地伤害了普通家庭的情感"，那么你就犯下了虐待尸体罪。但什么才是"普

通家庭"？也许在你的"普通家庭"，有一个总想让你继承酒精喷灯和头盖骨的科学家爸爸。"普通家庭"这个概念根本就不存在。

设置这条法律是有原因的，旨在保护人们的遗体免遭恶行（比如恋尸），并防止有人在没征得死者生前同意的情况下，把尸体从停尸间偷走进行实验或展览。说出来吓死你，这种事情在历史上多到数不胜数。为了得到用以解剖和研究的尸体，以前的医学人士不仅去偷死尸，还把刚刚下葬的死人重新挖出来。胡丽娅·帕斯特拉纳的遭遇也比较常见。她生活在 19 世纪的墨西哥，脸部和身体因多毛症而长满了毛发。她死后，她那恬不知耻的丈夫深知能通过她挣不少钱，便把她的遗体防腐并制成标本，跟随畸形秀在全世界巡回展览。胡丽娅死前还是个人，死后却成了他人的所有物。

因为虐待尸体罪的存在，没人能把他人的尸体"纳为"己有，"谁捡到就归谁"的说法在这里行不通。很遗憾，基于这条法律，你是不能把父母的头骨摆在书架上的。

"等一下，我在别人家的书架上看到过人类头骨！"美国没有禁止通过买卖而获取或出让人类遗骸的联邦法律，印第安原住民除外。如果你想要的是印第安人的头骨，你一点好运都没有（这是理所当然的）。如果不是，那么你能否买卖人类遗骸将由各州的法律决定。现在至少 38 个州有禁止出售人类遗骸的法律，但实际上这些法律都含糊不清，执行上也很随意。

2012 年至 2013 年中的 7 个月，eBay 上共有 454 个人类头骨被公开拍卖，拍卖均价为 648.63 美元（后来平台关闭了这些交易）。许多私人买卖的头骨来源可疑，大多来自白骨贸易泛滥的印度，骨头的主人都是一些无法承担火葬或土葬费用的人——完全算不上合乎道德伦理的采购。多数州的法律虽然禁止买卖"遗骸"，但买卖"骨头"却不犯法。因此为了让自己看上去合法，这些无法无天的卖家会说他们卖的是人骨，不是遗骸。

（注意，本质上他们卖的还是遗骸。）

总而言之，你父母的遗体不属于你，但如果你愿意在网上进行一笔可疑的交易，倒是能收获一块某个印度人的股骨。

就算你成功钻了法律的空子，还要解决另外一个大问题才能获得父母的头骨：目前美国不允许以私人持有为由对遗体进行骨骼化处理。多数情况下，只有用于科研事业的捐献遗体才能被处理成白骨（其实这也不太合法，有关机构已经在为博物馆和大学想其他办法了）。反正你就是不能把父母头上的肉剥下来，然后在感恩节时把头骨放在一堆蔬菜的正中间当装饰。

我和好友谭雅·马什聊过这个话题。谭雅是一名主攻人类残骸法律的法学教授，在这个问题上很专业——但凡法律上能有一丝让你获得父母头骨的机会，她都不会放过。

我：大家一直在问我这个问题，总能有办法解决吧？

谭雅：在美国，没有一个州会允许你把遗体脑袋上的肉去掉。这件事我能跟你辩论一整天。

我：但如果遗体在捐赠给科研机构之后，又捐回给了他家……

谭雅：别想了，不可能。美国各州的殡仪馆都会向州政府提交一份名为"殡葬与运输许可"的文件，用来说明死者的遗体将被如何处理。一般有三种：土葬、火化、捐献给科研机构。就这三项，很简单。没有"切下脑袋并清理皮肉，只留头骨，剩下的全部火化"这一项，一丁点儿都没有。

谭雅给我念了一段某州的法律条文：

……凡在任何地方（墓地除外）存放或展示任何人类遗骸的任何人，都犯有轻罪。

换句话说，你父母的头骨只能出现在墓地。你要是把他们的头骨放在墓地以外的地方（比如你家花园），就犯了罪。

不过还有一线希望——在我写这本书时，法律发生了变化。现在，持有人骨（不管是你父母的还是别人的）是一块巨大的灰色地带。也许有一天法律会为你服务，允许你开办一家"老妈 / 老爸头骨有限责任公司"，合法开展给父母遗体清除皮肉的业务。

如果这是你（还有你爸妈！）想要的，我希望这一天能够到来。如果未来法律仍不允许，你可以考虑把他们的骨灰压制成钻石或唱片。孩子们，选择唱片的话……算了，不用在意。

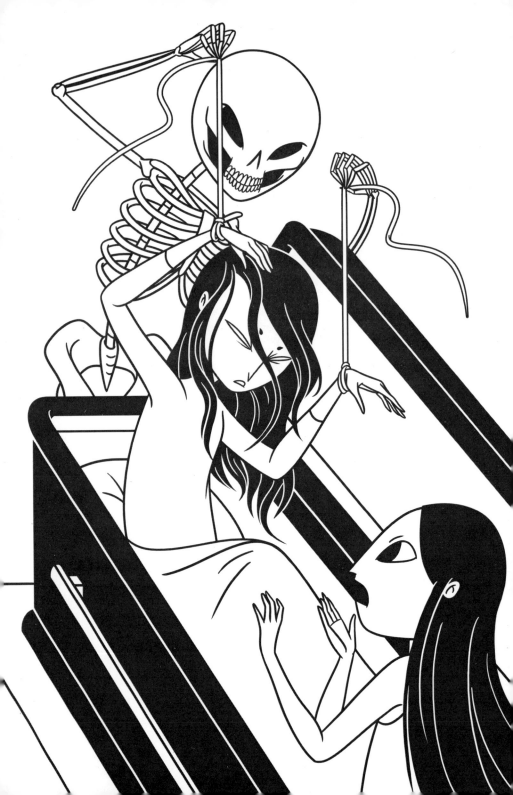

# 我死后，
# 我的尸体会不会坐起来说话？

靠近点儿，小家伙。我不知道该不该告诉你……如果我说了，殡葬师秘密委员会一定会对我大发雷霆。有一天晚上，我独自在殡仪馆工作到很晚，遗体准备室中有一具40多岁男性的尸体，盖着白布躺在操作台上。就在我伸手关灯时，一声冗长而恐怖的呻吟从我身后传来。只见那个男人直挺挺地坐了起来，像是吸血伯爵德古拉要从棺材里爬出来一样！

好吧，我承认，这是我瞎编的，没有"诈尸"这回事（工作到深夜是真的——每一个殡仪馆职工都逃不过加班的命运）。但这个情节或与之类似的故事，却是人们喜闻乐见的停尸房和殡仪馆怪谈。这种故事通常都是从"我丈夫表哥的侄子"那里听来的，"他20世纪80年代在殡仪馆工作时亲眼看到尸体坐了起来"。网络上也四处可见类似的帖子，标题一般都是"殡葬师不想让你知道的恐怖事件"。

那么，"尸体会动"究竟是怎么一回事呢？

你的尸体不会动用自己的"尸力"突然坐起来。这不是在拍恐怖电影，伙计们。死尸不会尖叫，不会直起身，也不会一把拉住你的头发把你拽入地狱（不过说实话，我刚开始在殡仪馆上班时确实有过这种顾虑）。

虽然尸体做不出这种吸引眼球的大幅度动作，但诸如痉挛、抽搐、呻吟等小动作还是有的。你一定觉得会抽搐的尸体也很可怕。没事，我懂你！但这种现象其实可以用生物学原理来解释。

人刚死掉时，神经系统仍处于活跃状态，这就引发了身体的抽搐和痉挛。这种现象通常出现在死后几分钟内，但有时也出现在死亡12个小时后。发出怪声是因为人们移动尸体时，尸体内部的气体会通过气管排出，从而制造出一种诡异的呻吟声。许多护士都有过类似经历，所以当见到已被宣布死亡的病人突然抽搐或呻吟，他们比普通人要冷静得多，不至于大声尖叫"老天爷，他活了，他活了！！！"

不过有的时候，尸体的动静与还未完全死亡的神经系统无关。在你死后，数十亿细菌将疯狂吞噬你的内脏，就像一场饕餮盛宴，先从肠子开始，再逐一吃掉肝脏、心脏和大脑。可惜吃了也是白吃，这些细菌会把"美味"变成甲烷和氨构成的气体排出，把你的胃撑大。撑得越大就意味着体内压力越高，当压力增加到足够大时，你的身体就会排出臭气熏天的液体或气体。这通常会伴随着一种怪异的哨声，不过别害怕，这不是妖怪在鬼哭狼嚎，而是细菌导致的屁声。

几百年来，人们对"会动"的尸体很感兴趣。在了解细菌和神经系统的作用之前，甚至在能够清晰、科学地定义死亡之前，人们特别害怕自己还没死就被活埋，因为尸体的抽搐和声响让他们觉得人还没死透。

18 世纪末期，德国有一些医生认为只有当人开始腐烂（膨胀、发臭），这个人才是真死了。他们因此打造了"Leichenhaus"，意为"提供守候服务的停尸房"，就是把尸体放在烧着火炉的房间里（高温会加快腐烂速度），直到这个人已经百分之百死亡，不再有人质疑他的死亡状态。房间由一名男仆看守，以防有尸体说话、起身、要求上厕所什么的。尸体上通常都系着铃铛，如果有尸体动了，铃铛就能发出声响通知男仆——想法倒是不错，但实际上只是一名年轻男子坐在安静的房间中闻着浓烈的尸臭。

在慕尼黑，一家这种类型的停尸房搞了个收费游览项目。他们做了一个"快看，死人活了！"的警报系统，把细线一端拴在尸体的手指和脚趾上，另一端固定在簧风琴上（一种以气流使簧片振动发声的乐器）。一丁点儿动静都能令簧风琴发出声音，向参观者发出尸体正在附近走动的警报。这东西效果不错，可惜所谓的"走动"只是腐烂的尸体正在因胀气而放屁。到了晚上，男仆可能会被这种飘荡在房间中却不成调的古怪旋律吵醒。

到了 19 世纪末，大多数提供看守服务的停尸房都关闭了。一个叫冯·斯杜代尔的医生声称有上百万具尸体在停尸房内走动，但没有人被吵醒。

对你的问题，我的回答是：尸体的确会自己动，但动作幅度很小，并且是科学原因造成的，与鬼魂、恶魔、僵尸无关！你该感到庆幸，当一具尸体比在停尸房当男仆要好。

## 我们把宠物狗埋在了后院，
## 如果现在把它挖出来，它会是什么样子呢？

------------------------

　　有很多原因会让你不得不把狗从树下的小坟坑里挖出来。如果你想把它挖出来看看腐烂进度，法律不会阻止你这样做，但挖人类尸体不行。（注意：在人类墓地非法掘尸，也就是未经许可把别人的尸体挖出来，是一项重罪。我不想听见你跟别人说"是凯特琳让我来看看奶奶过得好不好"。）

　　人们挖出宠物，绝大多数是因为搬家。他们无法抛下自己那条名叫"哮哮"的狮子狗，更无法接受新搬来的陌生人在后院建游泳池时把"哮哮"的尸骨丢进垃圾堆。但一想到将亲眼看到"哮哮"下葬 8 个月后的模样，他们就有些退缩。在他们的委托下，相关公司会上门挖出"哮哮"带走火化并交还骨灰。这样一来，"哮哮"就能待在骨头形状的骨灰盒中前往新家。

　　至于挖出来的"哮哮"长什么样，需要考虑的因素有很多，所以我没法给出一个假设性回答。澳大利亚有一名宠物遗体挖掘专家提出过一个"一般性原则"——"如果宠物15岁，你将挖出白骨；如果只有1～3岁，那么尸体将相对完整并带有臭味。"但这个时间段还取决于其他因素。它死掉多久了？下葬时是装在棺材里还是直接埋进土里的？你家是位于热带雨林、沙漠，还是青草丛生的郊区？总之，需要更多细节因素。

"哮哮"被埋得有多深？如果你把它埋在树下几米深的地方，腐烂速度就相对较慢。埋得越深，它离氧气、微生物和其他能加快腐烂速度的物质就越远。

埋葬"哮哮"的土壤又是哪种？土壤的种类应该是决定"哮哮"腐烂进度的最关键因素。"应该……就是一般的土……"这个回答可不行。彩虹颜色不一样，土和土也不一样。

比如，埃及的砂性土就能把尸骨保存得很好。再加上气候炎热，两者结合在一起就可以把"哮哮"变成脱水的木乃伊。灼热的砂土让"哮哮"的皮肤迅速干燥、坚硬，令蝇虫无从下嘴。动物干尸比你想象的要常见。2016年，加沙地带有一家动物园因战争和以色列的封锁而被遗弃，里面的动物接连死亡，尸体在干燥炎热的空气中逐渐干枯。从动物园拍摄的照片可以清楚地看到，死去的狮子、老虎、鬣狗、猴子和鳄鱼都变成了一具具姿势怪异的恐怖干尸。

在几百年前的欧洲，一些惧怕巫术的人会把猫埋进家里的墙中，认为这样就能抵御超自然力量的攻击。多年来，建筑工人和施工队经常能从这种"欧洲特色墙壁"里找到猫的尸体。英国一家店主就碰到过顾客带来一只干尸猫和一只干尸鼠想要出售。两个小家伙是从威尔士一间农舍的墙壁中发现的，被人找到前已经在里面待了300多年。故事的重点是，只要条件刚好，"哮哮"也能变成一具干尸。

还有一个类似的故事。20世纪80年代，人们在佐治亚州发现了一只名叫"卡卡"的狗。"卡卡"应该是在追逐松鼠的过程中钻进了一棵空心树。随着"卡卡"越爬越高，树里的空间变得越来越窄（想必你已经猜到了结果），最后"卡卡"就被卡住了。几年后，伐木工人在树干中找到了它已经干尸化的遗体：牙齿暴露在外，眼窝空荡荡的，脚指甲保留完好，骨骼轮廓在又细又薄而且干枯的皮毛下面清晰可见。一般情况下，佐治亚州的树林环境很快就能让"卡卡"的尸体腐烂，但那个位置使动物没法接近并吃掉它，再加上树皮和单宁酸又吸干了它体内的水分，"卡卡"的尸体因此不朽。

不过"卡卡"的经历属于特例。你也许会想"哼哼"在后院是不是也成了一具干尸，但很有可能它已经不见了踪影。理想的园艺土是黏粒、粉粒、砂粒含量适中的壤土，这种土不仅适合植物生长，也有利于动物尸体腐烂。如果"哼哼"是在炎热的夏日下葬，埋得又不深，那么当土壤中的水分、氧气和微生物达到理想数量时，"哼哼"的软组织、皮肤、脏器全都会腐烂掉，甚至连骨头都不剩哦！

总而言之，你家小狗（或者沙鼠、雪貂、乌龟等）死后的样子将由土地位置和坟坑深浅决定。如果你想让它成为花园的一部分，就浅浅地埋在肥沃的土壤里，这样它就会腐烂得很快、很彻底。如果你想让它的肉身再保留一阵子，就把尸体用塑料布包好放入密封的盒子，再深深地埋入地下。既然你不希望"哼哼"腐烂得太快，我能建议你去把它做成标本吗？

# 我的尸体能像
# 史前昆虫一样保存在琥珀中吗？

这个问题太精彩了。年轻人，你个头儿虽小，却引发了一场死亡革命。我们所有人都应该向你学习，为未来的尸体寻找新的可能。有空咱们见个面，来一场头脑风暴。

一具密封在琥珀里的尸体，想想都觉得激动。我猜你应该是见到过完美包裹在光滑的橘色外壳中的史前昆虫。里面的虫子正是因为乘坐了这种叫作树脂的"时光机"，才从远古穿越而来。现在，我们先聊聊它们是怎么进去的。树木的树皮会渗透出树脂，这是一种极其黏腻的物质，要是不小心粘在手上，洗个七八次都洗不掉。树脂能够保护树木远离害虫和动物的侵害。假设990万年前，有一只蚂蚁在爬树时踩到了树脂——这是树设下的陷阱，中招儿的可怜虫只有死路一条。很快，越来越多的树脂滴落到它身上，然后慢慢凝固。随着时间的推移，树脂和里面的蚂蚁通常都将被风、

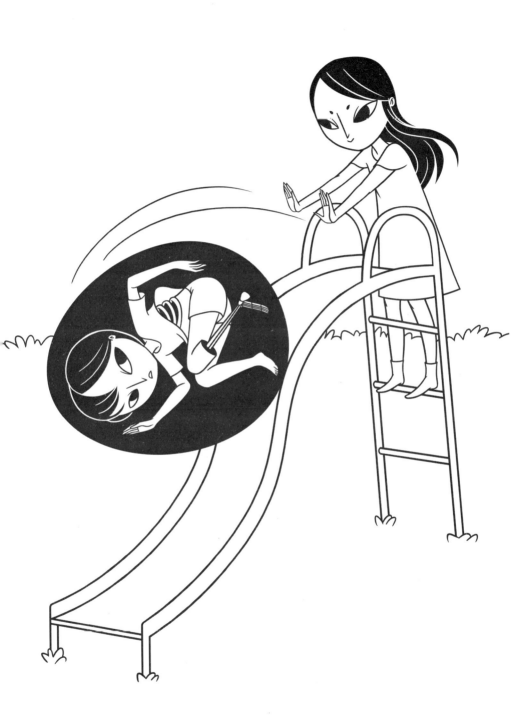

雨、阳光和细菌侵蚀，但偶尔也会出现保存完好的情形，使得它们在几百万年间逐渐变成树脂化石——琥珀。

以下是从琥珀中发现的动物清单——单子不长，却很精

彩：墨西哥农民挖出了一只2000万年前的雄性蝎子，加拿大出土了7500万年前的恐龙羽毛，多米尼加共和国发现了几只1700万年前的安乐蜥属蜥蜴和一只1亿年前的昆虫（已灭绝）。后者长着一个能够旋转180度的三角脑袋，和现在的昆虫完全不同。还有一块琥珀甚至保存着1亿年前蜘蛛捕获黄蜂的场景。

因为树脂，这些远古的生灵留下了完好的尸体。既然它们可以，为什么你不行呢？在你死后（没必要把你活着弄进去，还是等死了再操作比较好，不然就太残忍了），理论上我们可以把你的尸体放入树脂，摆出和黑豹或者其他什么猛兽对打的姿势，就像蜘蛛捕获黄蜂的场景。接下来，我们把你和黑豹（已跟你一起封进树脂）放入人工气候室，让你俩经历一系列由温度和气压引发的化学变化。如果一切顺利，几百万年转瞬即逝，树脂变成了琥珀。我是说至少需要几百万年——从树脂变成琥珀到底要多久，现在还没有一个

准确的数字。这时，未来的某种智慧生物找到了你，"快来看，这块琥珀里有个人类，好恶心啊！"说不定它会把你捡回去，放在桌子上当个镇纸什么的。

虽然你已经是一具密封在琥珀里的尸体了，但要知道，不管到时候科技有多么先进，有一件事还是不太可能发生，那就是克隆。我之所以提到克隆，是因为我怀疑你藏有《侏罗纪公园》中"生命会自己找到出路"那种小心思，才问出这个尸体与琥珀的问题。你应该在琢磨，如果能提取琥珀中的尸体的 DNA，是不是就能克隆出一个自己？

这种想法起源于 20 世纪 80 年代一些科学家的思想实验，在《侏罗纪公园》原作出版以及成为系列电影之前就有了。这些科学家盯着琥珀中的蚊子思考："会不会有一只蚊子在死前刚好吸了霸王龙的血？吃饱后，它飞到树上休息，一滴树胶掉在它身上，从此便把它困在琥珀里了？如果能从蚊子体内取出那滴血，我们就可以获得遗传密码，让霸王龙复活。"我承认这是个美好的想法。从某种程度上说，琥珀很适合保存死掉的有机物，其中一个原因就是它超级干燥。干燥的环境（比如沙漠）有利于遗体的保存。既然如此，为什么不能从琥珀中保存完美的遗体体内提取 DNA 呢？

科学家们几乎一致认为，从琥珀中提取有用的 DNA 是不可能的，因为 DNA 分解得太快。在氧气、温度、湿度方面产生的变化，会让组成遗传密码的物质变得支离破碎，乱成一团。就算从你身上提取出了部分物质，他们也会用其他生物或非生物补足缺失的那部分。比如，哈佛大学的科学家取得了已经灭绝的长毛猛犸象的基因，然后试图把DNA"剪切、复制"到大象的细胞里。如果他们成功了，得到的产物就是长毛猛犸象和大象的杂交品种，而不是单纯的猛犸象。而你的DNA说不定会被剪切、复制到与你对打的那只黑豹身上，把你变成一个杂交的"豹人"！（这是我胡编的，绝对不会发生这种事。我只是个殡葬师，别当真。）

现在，我建议你思考一下自己到底想要什么。你是想让自己在几百万年后看起来仍旧完好如初，然后成为一件装饰品吗？如果是，那么被树脂密封起来的确是个好方法。但如果你是想保留DNA，以便在不久的未来克隆出另一个自己，你最好考虑其他方式，比如超低温冷冻。在你死后，技术人员会用液氮快速冷冻你的细胞，温度达到零华氏度以下若干度。科学家已经用超低温冷冻的细胞成功克隆出了老鼠和公牛。

或者你想要的不是《侏罗纪公园》，而是《星球大战》。还记得里面的汉·索罗被一种能把人冻得硬邦邦的气体进行"碳冻结"吗？这种方法在科学上同样没多少说服力，但也能让你离冷冻细胞的梦想更近一步。还没有证据显示全身冷冻能让一个人在未来复活，但保存细胞后再克隆呢？有可能，但只是可能。你也许会问，既然最卖座的电影中反复出现超级先进的人体保存技术，是不是就意味着能对此抱有信心？我不这么认为，这些不过是花里胡哨的"尸体科技"，投观众所好而已（虽然《冰雪奇缘》还不至于此，但我总感觉艾莎的袖子里藏着某种超低温冷冻技术）。

结论是，你可能永远都不会被克隆。人类可不像恐龙（或者伯切尔氏斑马、长毛猛犸象、北美旅鸽），没那么容易灭绝。目前，地球上共有76亿人，这个数字还在日渐增长。未来50年内的关注点更可能是，我们是否有责任把因为人类活动而灭绝或濒临灭绝的动物复活。不过100万年后，关注点可能会变为是否应该把人类复活，而被保存下来的幸运儿说不定就是你！

# 为什么人
# 死后会马上变色？

尸体的颜色是五彩缤纷的，有时就跟万花筒似的，这是我喜欢尸体的原因之一。也许你已经死了（这里的"你"是泛指，可能是杰西卡，也可能是玛利亚或者杰夫），但你的体内仍然"生机盎然"。血液、细菌、组织液不断发生反应，产生变化，适应宿主的死亡，其产生的变化主要体现在尸体的颜色上。

人死后最先出现的颜色与血液有关。当你活着的时候，血液会在身体里循环流动。现在低头看看自己的手指甲，如果是粉红色的，就说明你的心脏正在泵出血液——恭喜你，你还活着！希望你的指甲状态不错，我的美甲现在一团糟，颜色都快掉没了……好吧，我们言归正传。

人死后的前几个小时，看上去要比生前苍白。尤其是嘴唇和指甲，完全丧失了健康的粉红的色泽，变得像蜡一样黯淡无色。这是重力让血液不再在皮肤下方流动导致的。如果你发现尸体变得惨白骇人，就说明血液已从皮肤表层流失。

接下来发生颜色变化的是眼球。你需要自己动手给尸体合上眼睛。在我的殡仪馆，我们都会建议家属在人死亡后立即这样做。因为在短短的 30 分钟内，眼角膜下的液体就会停止流动，虹膜和瞳孔逐渐变得模糊、发白，像一个令人毛骨悚然的小沼泽。如果这让你联想到僵尸，就更应该把死者的眼睛合上，让他看起来像是睡着了，而不是一副"你爸试图用死人特有的白眼球看穿你的灵魂"的模样。

一旦血液开始沉积，你将看到更加戏剧性的颜色变化。人还活着的时候，血液由不同成分组成；当血液停止流动后，较重的红细胞就会逐渐从血液中脱落，就像糖沉淀到一杯水的底部。由此就会产生第一个明确的死亡迹象——livor mortis（尸斑）。尸斑是血液坠积于尸体低下部位形成的，通常位于背部（再次感谢重力）。"livor mortis"是拉丁语，意为"死神带来的青紫色"，因为尸斑一般都是紫红色的。

提醒一下，在研究尸体"变色"之前，你得知道人生前是什么颜色，因为浅肤色的人"变色"的效果更夸张、更明显。不过不用担心，我们所有人都会在死后"变色"。

有趣的是，法医会通过尸斑来判断死者的死亡时间和地点，结论会因色块位置和颜色深浅的区别而有所不同。比如，如果尸斑集中出现在尸体正面，就说明死者以面部朝下的姿态死亡若干小时，因此血液才会聚集在这个位置。

如果尸体压在诸如地板之类的物体上，则不会出现尸斑。这是因为皮肤表层的毛细血管受到挤压，导致血液无法流入。调查人员可以通过这种现象判断尸体是否曾躺倒在某个位置，或者压在某个物体之上。

别着急，接下来还有。如果尸斑呈现出其他颜色呢？如果是鲜艳的樱桃色，就说明这个人可能死于严寒，也可能吸入过一氧化物（比如火灾中的烟雾）。如果是深紫色或者粉红色，就有可能是窒息或者心脏衰竭。如果死者死于失血过多，那么什么尸斑都找不到。

尸斑是人死后头几个小时中体表最先发生的颜色变化。差不多一天半之后，一系列崭新、绚丽的色彩开始在尸体上绽放。

欢迎来到腐烂的世界。著名的"僵尸绿"正是在尸体腐烂时出现的颜色——这其实是一种带有绿松石色的绿棕色。有人叫"烂死人色"，也算名副其实。这种由绿色、棕色、绿松石色混搭在一起的腐败颜色是由细菌造成的。还记得我说过，就算你已经死了，你的体内仍然热闹非凡吗？细菌就是这场派对的重量级嘉宾，比如狂野的肠道细菌会从内部把尸体分解掉。

"僵尸绿"最先出现在尸体的下腹部。这是结肠细菌的作用，它们把内脏细胞液化分解，产生的液体四处流淌，细菌随即"破壁而出"，分解更多的细胞。"液化行为"（也可理解为细菌"放屁"）产生的气体在尸体腹部越积越多，细菌也在不断增加和蔓延，直接导致了"僵尸绿"在尸体上出现并不断扩散，最终变成深绿色或者黑色。

除了细菌引发的腐烂之外，还有另一种腐烂过程——自溶。自溶发生在酶开始破坏体内细胞的时候——人刚死掉没几分钟，这个过程就开始了。

在细菌和自溶的双重作用下，尸体便有了更加五彩斑斓又热闹非凡的变化。你会看到皮肤表面浮现出大理石花纹似的静脉纹路，就像影视特效化妆中经典的"紫脉妆"，来表现人类感染僵尸病毒后的样子。对尸体而言，这种纹路是血管腐烂和血红蛋白从血液中分离的显著迹象，呈现出红色、深紫色、绿色和黑色等一系列微妙的色彩，这可以说是血红蛋白在皮肤上留下的"污迹"。之后，血红蛋白会分解成胆红素和胆绿素，胆红素会呈现出黄色，胆绿素会呈现出绿色。

这场七彩视觉盛宴与胀气、排气、发泡、脱皮等其他腐烂现象同时作用在尸体上。尸体颜色的变化之大，让你无法辨认死者的长相，也看不出年龄和肤色。

除了僵尸电影和恐怖电影，为什么你没在其他地方见过这种极度腐烂的尸体呢？因为在 21 世纪，人们不允许尸体腐烂到这个程度。正因为你从未看过尸体腐烂的实时过程，才觉得人死后立刻就会膨胀、变色，这是错的，人死后几天才会如此。尸体运到殡仪馆后会进行防腐处理（一种延迟腐烂的化学手段），或者直接放入冷藏间（冷气也能延迟腐烂），然后将尸体迅速下葬或火化。这样一来，死者家属永远没机会看到真实的腐烂过程。也难怪你会把腐烂的时间线搞混，毕竟你这一辈子都不会见到彻底腐烂的尸体！很遗憾你无法亲眼见证这些奇妙的色彩，但说不定哪天你在森林漫步时，会偶然发现一具这样的尸体。若果真如此，倒也不是件坏事。

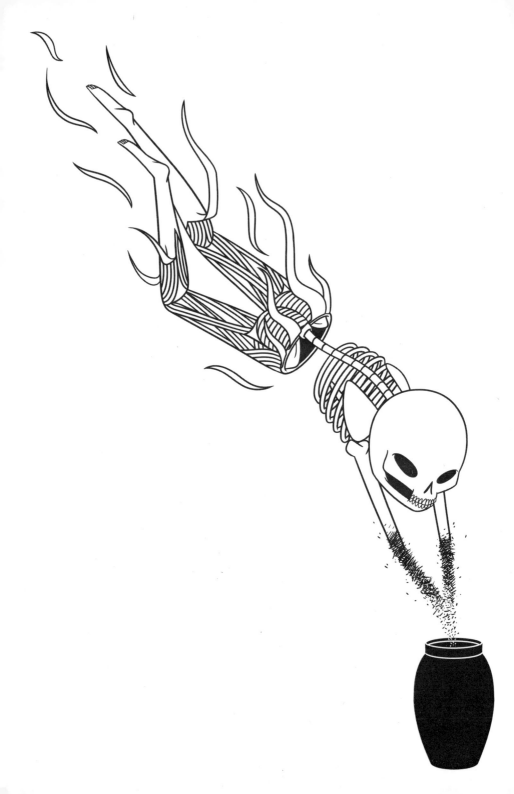

# 骨灰盒那么小，
## 是如何盛下整个火化后的成年人的呢？

———————————

　　当殡仪员把咖啡罐大小、画着白鸽和玫瑰的银质骨灰盒交给你，并且告诉你"这是你的奶奶"时，你一定觉得很奇怪——"拜托，我奶奶比这大多了。"而当殡仪员拿出一个同等大小并且上面也画着白鸽和玫瑰的骨灰盒，并表明"这是你的邻居道格"时，你就更纳闷儿了——等等，道格是一个身高 6 英尺 4 英寸、体重 340 磅（约 1.93 米、154 千克）的大块头，怎么可能和奶奶用一样尺寸的骨灰盒？火葬这件事就是场骗局！

　　不，这不是骗局。人们火化后的体积（差不多）一样，是有原因的。

　　当你因为上台发言而感到紧张时，是不是有人让你想象台下的听众都是木头人？现在，试着把他们想象成一具具骷髅——没有皮肤、没有脂肪，也没有器官。你会发现，每个人的“内在”都一样，都是同样的骨头架子。当然，有的人高，有的人骨骼较大，有的人只有一条胳膊——但总体来说，骨头架子就是骨头架子，不管骨灰盒里的是你的奶奶还是邻居，都是已经化成灰的骨头。

火化过程是这样的：打开火化炉的门，把尸体整个送进去。在此之前尸体已经冷冻过几天至一周，状态上没有什么变化，穿的也很可能是死亡当天的那身衣服。但一旦关上门，火焰开始喷射，尸体立刻就变了样。

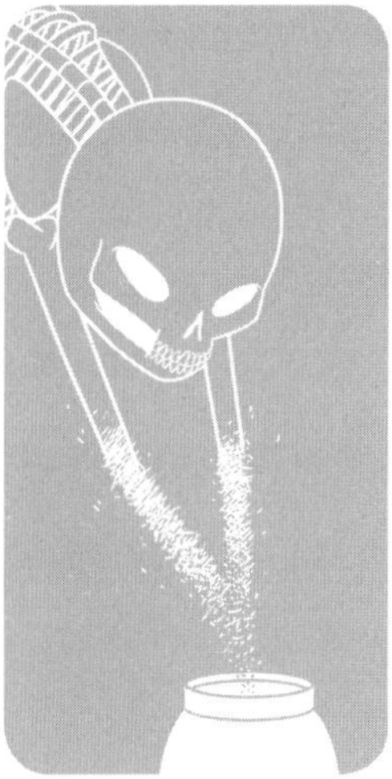

火化开始的前 10 分钟里，最先被灼烧的是软组织，也就是人身上所有软乎乎的地方。肌肉、皮肤、器官，无一不收缩、蒸发，嗞嗞作响。头骨和肋骨很快就显现出来，随后头盖骨脱落，发黑的大脑被烧化。人体内大约 60% 都是水分，这些水分与其他体液一同汽化，从火化炉的烟囱排出。只需要一小时零几分钟，人体内的有机物就能全部被分解和汽化。

火化结束后会剩下什么呢？遗骨，滚烫的遗骨。我们管这种高温熔化后的骨头叫“遗灰”，也就是普通人口中的“骨灰”。（殡仪员更喜欢说“遗灰”这个词，因为听起来更高级、更专业，说“骨灰”也是可以的。）

提醒一下，这些火化后的遗留物并不等同于一具完整的骨架。还记得吗？骨骼中的有机物已经被烧掉了。遗灰中只剩下磷酸钙、碳酸盐、矿物质和盐分的混合物。这些全都是无机物，非常安全，你可以像在雪堆或沙坑里那样打滚。我并不是在鼓励你这么做，只是说遗灰很安全。遗灰里不含DNA，想要通过 DNA 检测来分辨你的奶奶和邻居道格的遗灰是不可能的。因此，火化长期以来都被认为是掩盖犯罪的最佳手段（现今，如果死亡案件存在疑点，只有调查全部结束后才能火化尸体）。

接下来，火化工从火化炉中扫出已经冷却的遗灰，取出里面的金属物件（不知道祖母是否植入过人造髋关节？等她火化后你就知道啦！），再把遗留的骨头碎片磨成粉末。最后，火化工把浅灰色的骨灰倒入骨灰盒，交还给死者家属。骨灰可撒可埋，也可以做成钻石，或者发射到太空、混入颜料画画、用作文身墨水，等等。

但如果死掉的是一个重达 450 磅的大块头呢？你一定会说，他的骨灰应该更沉一些。错。大部分的重量都是脂肪。记住，皮肉之下，每个人骨骼的重量都差不多。脂肪属于有机物，在火化过程中会被烧掉。肥胖人士火化的时间更久，有时要多花两个多小时，让脂肪有充足的时间燃烧。火化结束后，你根本看不出送进火化炉的尸体是 450 磅还是 110 磅。

因为火化几乎消除了所有差异。

骨灰量的多少一般由身高决定，不是体重。女性相对偏矮，意味着骨架较小，因此骨灰通常在 4 磅左右。男性较高，骨灰量就多一些，大约 6 磅。作为一名身高 6 英尺的女性，我的骨灰应该比一般女性多一点儿。（比起火化，我更想被野生动物吃掉。不过这是另一码事，回头再聊。）我叔叔身高 6 英尺 4 英寸，几年前去世了。他的骨灰是我拿过的最沉的骨灰之一。

忘记你的外表吧，你的"内在"重量（也就是你的骨架）才是关键。你的奶奶和邻居道格最后都能被那个小小的骨灰盒盛下，因为所有的有机物——皮肤、组织、器官、脂肪等——全都变成气体挥发了，只剩下烧酥了的骨头。

既然奶奶和道格的骨灰差不多，也无法通过 DNA 检测出不同，是不是就意味着两堆骨灰一点儿差别都没有呢？如果你感觉奶奶的骨灰很普通，不存在祖母辈的人才有的"祖母特质"，那你就说错了！尽管我们肉眼看不到，但骨灰与骨灰间还是有细微差异的。也许你的奶奶是个素食者，平时会大量服用维生素；也许道格一辈子都住在工厂附近[1]——不

---

1 译者注：这里的意思是说，工厂会对周边的空气和水等造成一定程度的污染，可能导致骨骼畸形、骨脆易折等。

同的生活方式在遗灰中会留下痕迹。

　　就算奶奶的骨灰和道格的骨灰差不多，奶奶也还是那个奶奶。也就是说，如果你的奶奶是一个机车女郎，你最好把殡仪馆给你的白鸽玫瑰骨灰盒换成哈雷机车定制款骨灰盒。

# 我死时
## 会拉裤子吗？

是的，你死时很可能会拉裤子。怎么样，有意思吧？拉便便是我最喜欢的日常活动之一，自己死时也能来上一泡，我还是挺高兴的。我要向未来负责清理我的护工和殡仪馆职工致以歉意和感谢。

我们先来看看在你还活着的时候便便的工作原理。粪便会先在你的身体里经过一段曲折的旅程，然后才走向自由。直肠是便便在你体内的最后一站。当粪便抵达直肠时，信号会发送至大脑，告诉你"嘿，该便便了！"一种叫作"肛门外括约肌"的环状肌肉依偎在肛门周围，把粪便牢牢地锁在直肠里，防止粪便在我们还没准备好时倾泻而出（吃超辣墨西哥玉米片的时候除外）。

肛门外括约肌属于随意肌，也就是说，大脑不仅主动让括约肌保持闭合，也会在人们安全到达厕所时让括约肌放

松。我们很高兴能有这样的机制，这让大多数人不至于像兔子一样边走边拉。

而当我们死亡时，大脑便停止向肌肉发送这些信息。尸体一开始会出现尸僵，持续几天后才逐渐缓解。直到腐烂那一刻，所有肌肉才彻底松弛，包括那些让粪便（和小便）留在体内的肌肉。所以，如果你在死亡时体内恰好有粪便或尿液，松懈的肌肉将给它们自由。

不过，并不是每个人都会死后排便。有很多老年人和久病未愈的病人，在死前几天至几周的时间里很少进食，因此死亡时体内没有太多东西需要排泄。

作为一个殡葬师，我经常在上门敛收尸体并运回火葬场的途中（这个叫"上门服务"）碰到"惊喜便便"。为了让尸体固定在轮床上，你得把尸体拉直、翻个面，还有其他一些必要操作，这时很有可能会把粪便挤出来。

亲爱的尸体，请不要觉得丢人。殡葬师很擅长清理粪便，就像爸妈给小孩换脏尿布一样，这是其工作的一部分。

与此相比，法医病理学家在"粪便互动科"的情况更糟（这也是他们的平均年收入比美国殡仪馆工作人员高出大约 5 万美元的原因之一）。如果有人神秘死亡，死者的胃部残留物和粪便可以提供重要线索。负责尸检的法医最终只得在粪便里扒来扒去，寻找可以用来解释死亡之异常现象。我宁愿给尸体擦屎，也不想像《侏罗纪公园》里的劳拉·邓恩似的在一堆粪便中挑挑拣拣。

　　殡葬师最害怕的其实是家属瞻仰尸体时，尸体出现排便、排气、液体渗漏等情况。没有人愿意在和祖父最后一次"合影留念"时，发现祖父散发着淡淡的屎味吧？为了避免这种情况，殡葬师有一大堆妙招儿。入门级技巧：垫尿布。这是我最喜欢的方法，因为不涉及体内插入（待会儿你就知道这是什么意思了）。进阶级技巧：使用 A/V 塞（这可不是声像／影像的缩写，而是两个更有画面感的东西，你们还是自己琢磨吧）。这个塞子是一个透明的塑料装置，一头类似于红酒起子，另一头类似水槽或浴缸排水管的塑料塞。高级技巧：往肛门塞入棉花，然后缝合。我个人认为这个方法有点儿过了。我们应该让尸体安安心心地排泄。我还有很多与便便有关的故事可以跟大家分享，可惜没有人问。

# 连体双胞胎
## 总是同时死去吗？

"比登登姐妹"的问题是，没有人确定她们是否真正存在过，但有关她们的故事可不少。玛丽·查克赫斯特和伊莉莎·查克赫斯特（据说）于 1100 年出生在英格兰比登登，是一对肩膀和屁股相连的连体双胞胎。两人性格都很强势，有记录称她们在冲突最激烈的时候互相谩骂，甚至互殴。听起来太有趣了，简直就是中世纪的真人秀嘛！在两人 34 岁时，玛丽病逝。家人恳求伊莉莎："我们必须试着把你们分开，不然你也会死。"但是伊莉莎拒绝与死去的姐妹分离。"既为同来，亦愿同去。"她回答道。6 个小时后，伊莉莎也死了。

时至今日，比登登的人在复活节时仍会纪念这对姐妹，把印有两人肖像的饼干送给穷人。虽然比登登姐妹的故事生动、翔实，但仍旧是一个故事、一个传说。如果二人当真肩连肩、屁股连屁股，那么她们应该是世界上仅有的身体有一处以上相连并且存活的连体双胞胎。

　　尽管社会对连体双胞胎的秘密生活有一种不恰当的"迷恋"，但他们其实极为罕见。我们可能在医学博物馆和电视节目中能看到他们，但生出连体儿的概率却很低：每20万个婴儿中才有1个。由于连体双胞胎过于少见，科学家们仍然没有完全找出造成连体的原因。最流行的理论是，连体双胞胎属于同卵双胞胎（即一个受精卵一分为二）；如果受精卵不能完全分裂，或者分裂的时间过长，就会导致双胞胎连体。另一种理论则相反：连体双胞胎是两个受精卵融合在了一起。

　　虽然我们不确定连体双胞胎产生的原因，但我们知道一旦出现这个情况，他们活下来的希望就很渺茫。大约60%的连体双胞胎还未出生就死在了子宫里，35%活着出生的连体婴连第一天都撑不过去。

　　如果你是那些活着出生的少数连体婴之一，那么你长期存活下去的可能性取决于相连的部位。举个例子，如果胸部或胃部相连（大多数连体双胞胎都是这两部分相连），并且共享肠子或肝之类的脏器，那么你的生存概率（而且更有可能获得接受分离手术的资格）比头部相连的双胞胎要大得多。

　　出生于21世纪的连体双胞胎通常在不到1岁时就会接受分离手术，但是，即使拥有最好的医院和最好的医生，只要双胞胎之一患病或死亡，另一个也会死亡。

艾米·莱克伯格和安吉拉·莱克伯格是一对美国的连体双胞胎，生于 1993 年，共享一个有缺陷的心脏和一个连在一起的肝脏。医生知道，二人在这种状态下都无法存活，所以决定牺牲艾米，让安吉拉活下来。艾米在分离手术中死去，安吉拉活了下来。但是，10 个月后，安吉拉因心脏血液回流离开了这个世界。这对双胞胎的手术和医院护理费用超过 100 万美元。

2000 年，在马耳他岛进行的一台手术有更美满的结局（不过还是有个婴儿死了，算不上特别美满）。格蕾西·阿塔德和罗茜·阿塔德出生时共享脊柱、膀胱和绝大部分的循环系统。即使连体双胞胎有独立的器官，例如两个心脏或两个肺，这些器官也会同时发挥作用。如果双胞胎之一的器官较弱，就需要另一个来补偿。罗茜的心脏很虚弱，因此格蕾西的心脏负责为两人的血液流动提供动力。但是，如此剧烈的泵血压力可能会导致格蕾西的其他主要器官衰竭。如果格蕾西的器官衰竭，姐妹二人都会死。

医生们想把这对双胞胎分开，代价是"牺牲"罗茜，因为他们认为只有格蕾西有足够的力量独自生存。不过，双胞胎的父母是虔诚的天主教徒，不愿意这样做，因此选择不进行手术，将命运交给"上帝"。但法官和上诉法院做出了与父母意愿相反的裁决，宣布手术照常进行。在持续了 20 个小时的分离手术中，罗茜死在了手术台上。由于切断主动脉时，两个医生都拿着手术刀，因此二人都不用为罗茜的死负全责。现在，格蕾西已经出落成一名活泼的 18 岁少女，仍与其中一个手术医生保持联系。

分离连体婴是可行的，至少其中一个有可能顺利成长并拥有正常的生活（两个都存活的可能性也越来越高）。但连体双胞胎年龄越大，分离手术就越难——身体和精神上都难。连体双胞胎有一种连普通双胞胎都无法理解的紧密联系。成年后的他们更是如此，经常表示更愿意彼此一起生活。20 世纪初出生的玛格丽特·吉布和玛丽·吉布，从出生起就有外科医生想把她们分开，但二人总是拒绝。随着年龄增长，希望她们分离的呼声越来越高，特别是在玛格丽特患上晚期膀胱癌，癌细胞已经扩散至二人肺部之后。即使如此，姐妹俩仍然拒绝接受分离手术。这对双胞胎于 1967 年撒手人寰，死亡时间仅相隔几分钟。根据他们生前的要求，将二人合葬在一个定制的棺材里。

19 世纪最著名的成年连体双胞胎是昌·邦克和恩·邦克。二人来自暹罗（现称泰国），是"暹罗双胞胎"一词的由来。

在晚年生活中，昌身体状况不佳，因中风、支气管炎和长期酗酒而饱受折磨。需要注意的是，恩滴酒不沾，并且声称自己从未因昌喝酒而感到醉酒或其他不适。

在他们 62 岁那年的一天早上，恩的儿子叫他们起床时，发现昌已经死了。得知兄弟的死讯后，恩喊道："那我也随他去吧！"两个小时后，恩也死去了。科学家认为，昌死于血栓，血块造成恩的血液通过二人相连的部分输送至昌的体内后，没能返回恩自己的身体，恩因此死亡。

人们普遍认为，如果昌和恩出生在 20 世纪，手术是可以把他们分开的。现今，一些医院以实施连体双胞胎的分离手术而闻名，但即使是最先进的医疗技术也不能保证成功。2003 年，29 岁的伊朗连体双胞胎拉丹·比加尼和拉勒·比加尼在分离手术中双双死亡。二人头部相连，生前从事律师工作。实施手术的团队拥有虚拟模型、CT 扫描、核磁共振成像等所有最新技术，但都没有发现双胞胎头骨底部隐藏的一条静脉。手术中静脉被割断，医生止血失败，二人因此死亡。

综上所述，"连体双胞胎总是同时死去吗？"这个问题有一个令人沮丧的答案——"是的，基本都是如此。"抱歉，我的回答很直接，但我不想美化这个现实。医生们正在开发新的成像技术，有助于我们更深入地了解连体双胞胎体内的情况。但连体双胞胎（身体和情感）之间的纽带，即使是最新、最昂贵的技术，也难以全部察觉。连体双胞胎是真实的人，有真实的生活和个性。但比登登姐妹除外，人们现在还为她们是否真实存在而争论不休。

## 如果我在做鬼脸时碰巧死了，
## 我的脸会不会永远都是那个样子？

───────────────

这个场景我们很熟悉：小孩伸着舌头、挤眉弄眼地在院子里撒欢，鼻子撅得跟猪一样，心力交瘁的老母亲跟在他们身后尖叫："你要是再把脸弄成这个鬼样子，可就变不回去了！"妈妈们，话说得挺狠呀，但这不是真的。小孩淘气时做的鬼脸，哪怕是最扭曲的那种也会恢复原样（医学证据还显示，做鬼脸有助于面部血液循环）。但是，如果你在做鬼脸时正好死了呢？比如你正在龇牙咧嘴地气你妈妈时，突然心脏病发作——这会不会就成了你的遗容呢？

答案基本上是否定的。好奇吗？那就继续往下看。

当你死后，所有肌肉都会变得松弛——非常松弛（还记得吧，死后你可能会拉出一小节便便）。死后的前2～3个小时被称为"初始放松阶段"："放轻松，宝贝。别担心，你已经死了。"即使你在临死时做了傻乎乎的鬼脸，在初始放松过程中，你的面部肌肉也会和其他肌肉一起变松。下巴和眼睑会因此张开，关节也会变得软趴趴[1]的（这里的"软趴趴"可是医学术语哦），这时你就可以跟鬼脸说"再见"了。

如果你和家人在自家或疗养院照料死者，我建议你们在初始放松阶段时尽快合上死者的眼睛和嘴，这样就能赶在尸僵发生前让死者尽早恢复平和的面容。

"尸僵"（rigor mortis），这也是我曾经拥有的一条蟒蛇的名字。它是拉丁语，指的是死亡后3个小时左右（在非常炎热或热带环境下更早）出现的肌肉僵硬现象。我研究尸僵研究了好几年，但仍不确定自己是否完全理解了其科学依据。人体肌肉需要ATP（三磷酸腺苷）来放松，但是ATP需要氧气。没有呼吸就没有氧气，没有氧气也就没有ATP，没有ATP肌肉就无法放松——这一连串化学变化统称为"尸僵"。尸僵从眼睑和下巴周围开始，随后蔓延至身体的每一块肌肉，甚至每一个器官。尸僵使肌肉异常僵硬，让尸体固定在一个姿势不变。殡葬师必须反复按摩、弯曲尸体的关节和肌肉，才能让尸体"放松"。这一过程被称为"打破僵硬"。这个过程有点儿吵，充满了咯吱咯吱和噼噼啪啪的爆

---

1　译者注：原文为"floppy"，在日常用语中有"软趴趴"的意思，也是专业医学术语，表示"松弛"，考虑到作者用语比较俏皮，故这么写。

裂声。但这不是骨头断裂的声音，而是肌肉发出来的声响。

　　和尸斑一样，尸僵也会给刑侦人员带来有用的线索。印度一名 25 岁的妇女被发现死亡时，尸体呈仰卧状态。第一眼看去，调查人员可能会以为她生前正在做瑜伽。因为尸体的双腿和一只手臂像是反抗地心引力似的悬在空中，特别像瑜伽中的伸展姿势。而当他们把尸体送去尸检时，尸体仍保持这个姿势不变。法医小组在尸检后给出一种解释：凶手杀死这名妇女后，把尸体运到了另外一个地方。凶手很可能为了方便移动而把尸体装进汽车后备厢或袋子里，从而形成了这种奇怪的姿势（此时尸体正处于初始放松阶段）。运输过程中，尸体就在这种姿势下发生了尸僵。正如我先前所说，一旦出现尸僵，那就是真的不会再变了。因此，当凶手抛弃尸体时，受害者仍处于尸僵时的姿势。

　　那么，能不能利用尸僵，在你死后给你弄出一张傻乎乎的鬼脸呢？如果你让亲朋好友在你初始放松时摆出一张鬼脸，在尸僵过程中你的脸就将保持这副模样。我敢保证你妈妈一定会极其痛恨这个恶作剧。你死后还在气她，你妈妈真是太可怜了！

　　不过一段时间后，尸僵就会消失。尸体各有各的不同，尸僵缓解的时间也因环境而各异。通常需要 72 个小时，你的肌肉就会恢复松弛，你的脸也会变回原样。

但是，还记得我之前给出的是个否定回答吗？下面我们就来聊聊奇特却很少出现的"肯定"情形。

法医学中有一种备受争议的现象叫作尸体痉挛，也称为瞬间僵硬。正如字面意思所说，人死后有时会跳过初始松弛阶段，直接出现尸僵。这会不会就是我们为了让你在死后保持鬼脸而一直苦苦寻觅的曙光？

先别着急。尸体痉挛通常只影响一组肌肉，一般是胳膊或手。这意味着死后你的胳膊可能会定格在一个搞笑的姿势，像是僵尸或者*YMCA*、《像埃及人一样行走》[1]中的舞蹈动作。但我不知道你的脸是不是也能像你的胳膊一样搞笑，比如出现"舌伸眼直"或"猪鼻斜眼"这样的表情。

另外，尸体痉挛通常伴随着压力性死亡，诸如癫痫、溺水、窒息、触电、头部中枪。战斗中被枪杀的士兵和在短暂的激烈斗争中死亡的人身上都存在这种现象——听起来有些吓人，坦白说，年轻的朋友，我可不想让你死得这么惨。

所以，鬼脸不会永远停留在你脸上。我试图证明这是可能的，但科学告诉我"不会"。你也别再想着气你妈妈了。

---

1　译者注：两首流行歌。

# 我们能给祖母
# 办一个维京葬礼吗？

这是你祖母的主意吗？如果是，那么她老人家真是太酷了，真希望我能认识她。

不过，我有坏消息要告诉你，虽然你祖母已经离世，但是你所谓的"维京葬礼"（基于好莱坞电影里拍出来的那种）是假的。我知道你在想什么——祖母是一名战死沙场的维京勇士，她那身着寿衣的遗体庄严地躺在木船上。你的阿姨把船推向大海，你妈妈拉开弓向天空射出一支燃烧的火箭，正中祖母将她点燃。此刻，死亡的火焰像她的生命一样明亮耀眼……

天哪，这真是假得不能再假了！

你可能会说："这怎么会是假的呢？维京人就是这么办葬礼的。"但你错了。维京人，也就是深受大众喜爱的中世纪斯堪的纳维亚掠夺者和商人，有各种各样有趣的死亡仪

式，但燃烧的火葬船绝不是其中之一。我们先来看看维京人真正举行过的葬礼仪式有哪些。维京人确实有火葬传统，但都是在陆地上进行的。他们有时候会用石头堆出船的形状（这可能就是好莱坞电影里"火葬船"的来源），然后在里面搭建火葬堆。如果死者是重要人物，那么他生前的整艘船都会被拖到陆地上当作棺材。这种方式叫作"船葬"，跟你想的火葬船不是一码事。

提醒你一下，不管什么时候，只要你试图告诉某人他的火葬船想法属于历史错误，就会有一个叫"艾哈迈德·伊本·法德兰的信徒"的人跳出来反驳你。"艾哈迈德·伊本·法德兰的信徒"是一名网友，坚称好莱坞版本的火化船真实存在。他花了很多时间来论证这一点，主要通过引用艾哈迈德·伊本·法德兰的作品来证明自己的观点。艾哈迈德·伊本·法德兰是一位10世纪的阿拉伯旅行家和作家，以记录被她称为"罗斯人"的日耳曼海盗商人而闻名。伊本·法德兰本人并不可靠，部分原因在于她的偏见。例如，她认为维京人是"完美的人类族群"，却又公开反对他们的卫生习惯。

根据她的记载，罗斯人曾为部落中的一位首领举办过一场隆重的火葬仪式。仪式过程是这样的：尸体先被放入临时挖掘的坟墓中"储存"10 天。由于首领在部落中地位较高，村民会把他的船拖上岸，安置在用木头堆成的平台上。整个仪式由一名被称为"死亡天使"的年长女性全权负责（等一下，伊本·法德兰，我想听到更多有关这个"死亡天使"的故事）。船放置妥当后，她会在里面铺好一张床，接着，人们给尸体换好衣服并将其从坟墓中抬出，平放在铺好的床上，然后把所有的武器环绕放置在尸体身边。最后，死者的亲戚们拿着燃烧的火把将船点着，整条船加上木头堆的平台都会化作灰烬。重要提示：这一切都发生在地面上。

　　天知道这怎么就变成了好莱坞电影里的鬼样子！维京人确实举行过火葬，葬礼中也确实有船，但有的也不是所谓的"火葬船"。

　　我知道你在想什么——"好好好，我知道了，我这个葬礼的设想和史实不符。但我又不是北欧历史专家，就算搞一个火葬船葬礼也没什么吧？！"先别着急，你这个火葬船狂人。目前还没有人采用过这种葬礼形式，因为它根本就行不通。

　　我见过露天火葬的样子，点火后 15 分钟的场景尤其震撼：浓烟呈螺旋状升起，炽热的火焰将尸体包裹，火苗不停地往上蹿。因此我很能理解好莱坞的脑回路："露天火葬太壮观了，我喜欢——等等，用船替代柴堆怎么样？"但事情是这样的：在最初 15 分钟的辉煌之后，你仍然需要若干小时和大量的木材才能把尸体完全火化。你想要的那种火葬船平均长度在 16 ~ 17 英尺。这个尺寸理论上可以携带足够的木材来完成火化，但权威人士（露天火葬执行团队）告诉我，一个完整的火葬需要超过 40 立方英尺的木材，火焰必须达到 1200 华氏度[1]并持续燃烧两三个小时，而且在整个火葬过程中，你还要不断地给尸体添加木材。因此，即使装了满满一船木头，一艘 16 英尺长的维京木船也无法容纳火葬所需的全部木材。在还未达到足以燃烧尸体的温度之前，火焰很可能会先把船烧出一个洞，所以这种方法的燃烧效率很低。那么，当船比尸体烧得还快时，会剩下什么呢？一具半焦的尸体在市政水道上晃来晃去。如果你祖母的尸体碰巧在有人进行家庭野餐时被冲上岸，你追求的历史浪漫感应该会消失殆尽吧。

我知道这是个坏消息，我本不想成为那个带来坏消息的人。不过，有一些事情你还是可以做的。

第一，让祖母在普通的火化炉中接受火化。你可以在祖

---

1　1 华氏度 ≈ -17.2 摄氏度。

母被送进机器中的那一刻按下启动火化的按钮，同时播放北欧战歌作为背景音乐，这叫"火化的见证"。之后，你可以把祖母的骨灰放在一个维京海盗船模型上，再把模型放入水里将其点燃，骨灰就会在小船燃烧时落入水中。（注意：我可不是鼓励你在公共水域纵火。我只是提出一个假设，举个例子而已。）

第二，火化前把祖母的手指甲和脚指甲修剪整齐。根据北欧传说，一系列被称为"诸神黄昏"的巨大灾难将挑起一场恶战，最终导致众神死亡，世界毁灭。在这场恶战中，一支复仇军将乘坐一艘名为"纳迦法"的巨大"指甲船"抵达战场。你没看错，这是一艘由死人的手指甲和脚指甲组成的战舰。所以，如果你不想让祖母的指甲为世界末日做贡献，就拿起指甲刀开工吧。

当然，就算你做到了这两点，这也算不上一场真正的"维京葬礼"，但至少你烧了海盗船模型，还给祖母做了英雄美甲。

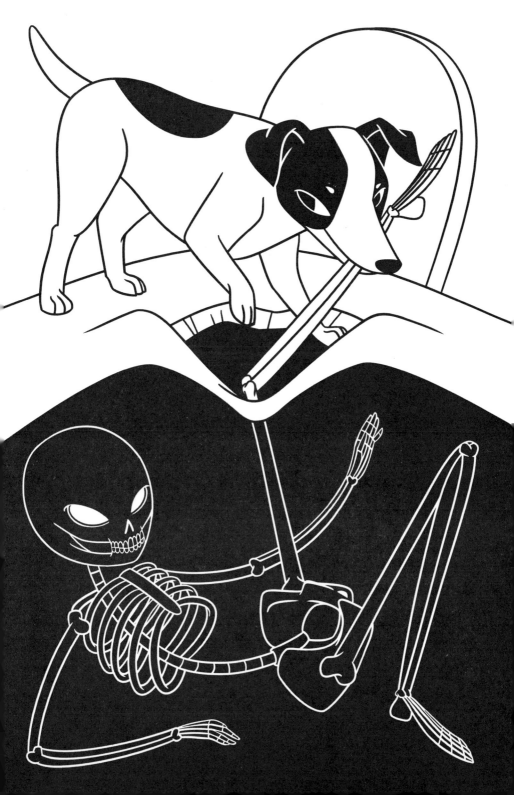

# 为什么动物
## 不把所有的坟墓都刨开呢？

————————————————

  这取决于你说的是哪种坟。如果是给自家死去的宠物挖的坟，比如小猫、小狗、小鱼（没被扔进马桶冲走的话），就很有可能会被郊狼之类的野生动物刨开。它们可不是在进行什么亵渎坟墓的仪式，只是想免费吃一顿。听好了，这可不是郊狼的错，谁让你家只挖了个 1 英尺深的坑呢？！（太浅了，懂吗？）

  动物尸体在土壤里开始腐烂时，会产生一些气味极度刺鼻的化合物，这些化合物叫作尸胺和腐胺 —— 是以"尸体"和"腐烂"命名的，很可爱，对不对？对于食腐动物来说，这种化合物散发出了晚餐的味道。如果它们觉得这份晚餐轻轻松松就能刨出来，便会下手。

  解决方式很简单，就是把坟坑挖深一点儿（之后我会告诉你挖多深合适）。

那么，人类的墓地呢？每个城镇都有墓地，好像没人见过郊狼在人类墓地挖新鲜的尸体吃。

没见过不代表没有。在俄罗斯西伯利亚的偏远地区，武装警卫不得不在墓地巡逻，防止黑熊和棕熊闯进来挖掘人类遗骸吃。当地有一个令人难忘的故事：村里的两个妇女以为自己看到了一个身穿熊皮的男人正在弯腰照料爱人的坟墓。错，那其实是一只熊正从地里刨尸体吃。抱歉，女士们，你们看走眼了。

另一个故事发生在佛罗里达州布拉登顿市。人们发现，当地公墓里的六七个坟墓都出现了狗或郊狼的踪迹。坟墓旁都是新挖出的坑，散发着刺鼻的气味，尸袋也从土里被拽了出来。

我提到这两个骇人事件是为了强调，这些都属于例外。多数情况下，动物不会去刨人类的坟墓。原因有很多。第一，适合的深度和适量的土壤会掩盖腐烂的气味。第二，土壤会促进腐烂，让尸体变成一具没有臭味的骨骼。土壤真是太奇妙了。

真正的问题是，坟墓要挖多深才行？为了安全起见，我们难道不应该把所有的人类尸体都放入最厚重的棺材，埋进6英尺以下的土里，并建造水泥掩体来保护他们吗？不。越靠近地表的土壤，功效就越神奇。因为地表土壤里的真菌、昆虫和细菌的含量最多，能够有效地将尸体分解成骨骼。如果尸体埋得太深，深层土壤中的微生物和昆虫很少，尸体的腐烂速度就会变慢。地表土壤中含有更多的养分，这就意味着尸体至少可以变成一棵树，或者一丛灌木。要想与地球"合一"，就要尽可能地埋得靠近地表。

折中方案是什么呢？有人认为尸体需要埋在足足 6 英尺深的地方，但也有人认为只要 1 英尺深，腐烂的气味就能被掩盖。我认为 3.5 英尺是一个很好的选择。俗话说得好，"要想狗不理，一米多半米！"这个深度不仅保证了尸体上方至少有 2 英尺厚的土来掩盖气味，也确保了有足够多的微生物加速尸体分解。美国各地的自然土葬墓园都以 3.5 英尺为标准，目前还未听说遭到过动物破坏。

即使你被埋在两三英尺深的土里，动物还是有可能闻到你的气味。每隔一段时间，墓穴周围就会出现动物的踪迹，比如郊狼，感觉它们就像在说："哇哦，让我们看看这里有啥好吃的。"

但它们不会把你刨出来，因为工作量太大了。试想一下：为什么我宁可去塔可钟汽车餐厅买难吃的快餐，也不用菠菜、紫甘蓝和农贸市场买回来的健康有机调料做营养晚餐？食腐动物如果能在其他地方找到食物，就不会费劲巴拉地挖地几英尺，只为把你那肥大的人类屁股拖出来。这些动物还有其他事情要操心，比如保护领地和自身安全，因此更没有时间和精力为了啃你的股骨头而去挖坟。此外，郊狼和熊这类动物的身体构造也决定了它们挖不了太深。

为什么西伯利亚的那只熊会去挖人类的尸体吃呢？我个人认为可能是坟墓挖得不够深。像西伯利亚这么靠北的地方，地面经常处于冻结状态。如果熊更愿意挖尸体而不是去捕猎（要知道，熊的爪子不适合挖洞），就说明前者操作起来更容易，也就意味着尸体埋得不是很深。而更重要的原因在于，熊那时正在挨饿。熊平时靠蘑菇和浆果（偶尔还有青蛙）充饥，但由于供不应求，它们只好来到墓地，把家属给死者留下的供品作为食物。从饼干到蜡烛，为了活命，它们什么都能吃下去。只有这些轻松到手的食物全都吃光了，它们才会开始挖尸体。

佛罗里达州的那些坟墓又是怎么一回事呢？事发地本是一个早已废弃的公墓，为什么会出现散发臭气的新坟和尸袋呢？原来这些坟是当地一家殡仪馆为埋葬流浪汉挖的。据说，由于这个"被废弃"的公墓没有政府监管，殡仪馆就随便挖了几个浅浅的坟坑埋了了事。事发之后，殡仪馆人员便给这些新坟盖上了水泥板。好在布拉登顿没有熊！（后来我才知道这里还是有熊的，只不过极其少见。）

最后，我要给大家讲一个獾挖掘中世纪人骨的故事。中世纪时，死者一般埋在教堂外面（甚至里面）的墓地里，数量多到难以想象。英国某间 13 世纪教堂本应在 20 世纪 70 年代把教堂里的全部尸体迁至别处，但事实证明，还有一些尸体没有被移走。人们之所以会发现这一点，是因为有一群獾侵入了古老的地下墓穴 ——它们在里面挖巢并建造隧道网络时，顺便刨出了人的骨盆和股骨。就没有人能管管这些獾吗？！可惜，确实没人能管。在英国，仅移动它们的巢穴都是违法的，更别提杀死这些毛茸茸的家伙了。多亏了《獾保护法》（你没看错，这是真的），哪怕你只是企图对它们下手，都会面临 6 个月的监禁和巨额罚款。教堂的工作人员只得捡起骨头，祈祷，然后埋回原地。这个故事告诉我们，即使你在坟墓里待了将近 1000 年，也不知道什么时候会被一只无法无天的獾连根拔起。

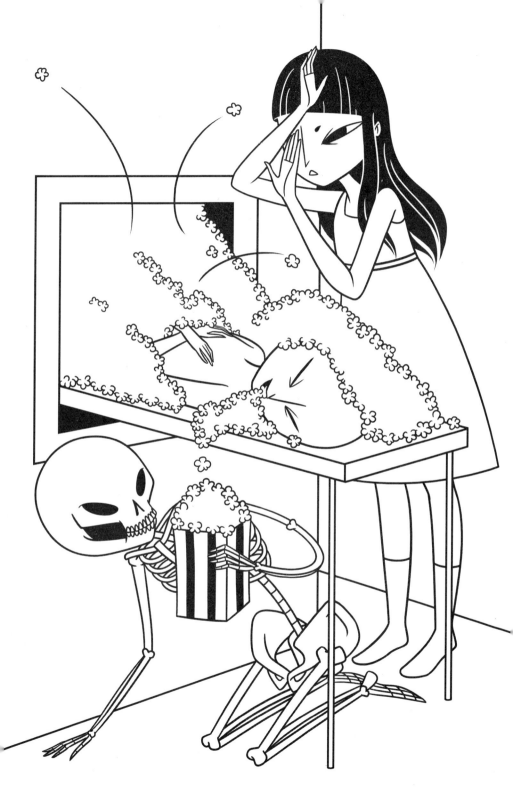

# 如果我在临死前吃下一袋爆米花[1]，
## 火化时会发生什么？

　　我很怀疑，你这样问是因为近两年在网上广为流传的那张搞笑图片。图片上是一袋电影院爆米花，上面写着："临死前我吞下一袋爆米花，我的火葬就会变得超级炫酷。"

　　我懂你。就算死了，也要成为众（死）人中最独特、最闪耀的那个。蒂姆，你可真能瞎琢磨。你觉得死前吃下一袋爆米花是一件特别展现你风格的事情——"哇，这真是太像蒂姆做出来的事了！"因为这样一来，火化炉开始工作后，爆米花就会噼噼啪啪像烟花似的从你体内炸出来，让火化工吓一跳并且承认："这太是蒂姆的风格了，这次我真的被吓到了！"

　　蒂姆，听我说，这一切都不会发生，原因有很多。你躺

---

1　译者注：英文是 popcorn，直译为"爆米花"，实际上是指制作爆米花的玉米粒。

在病床上，身体虚弱，器官衰竭，几个
星期都没吃过固体食物，突然间你就想
把爆米花偷拿到养老院，吃一大把？——
"抱歉，宝贝，虽然我很想在临终时最后
说一次'我爱你'，但我得先把这碗'神
奇爆米花'吃掉。"我劝你还是算了吧。

　　就算你能吞下一整袋爆米花，可你
知道火化炉是如何工作的吗？那张搞笑
图片之所以流行，是因为大多数人只是
听说过却不知道火葬场到底长什么样，
也不了解火化的过程。要想让这个恶作

剧奏效，蒂姆的尸体必须在火化过程中炸裂，释放出爆米
花。而且一袋微波炉玉米粒会一波又一波地迸出爆米花，就
像把肥皂放入校园里装饰用的喷泉，让泡沫流得满院子都是
的那个恶作剧。（根据我的计算，你至少需要吞下 1.5 加仑[1]
未经加工的玉米粒，才能在它们爆裂成爆米花时产生炫酷效
果。）还有，玉米粒爆裂时震耳欲聋的声音会让火化工以为
火葬场受到了袭击。

　　我们来看看不会发生的两个原因（其实原因有很多很

---

1　译者注：美制1加仑≈3.785升。此处约为5.7升。

多，我先挑这两个说)：

第一，火化炉重达 14 吨，里面配置了巨大的燃烧炉和燃烧室，一扇厚厚的金属门将尸体关在砖制的火化炉里。火化炉工作时轰隆作响，特别吵，因此就算尸体肚子里有 47 袋玉米粒，在火化炉外也不会听到爆米花爆裂的声音。

第二，更重要的是，即使能听到爆裂的声音也没关系，因为这根本不会发生！还记得大家最不满意爆米花的哪一点吗？是那些留在袋子底部没有爆开的玉米粒。只有在理想条件下你才能得到一碗美味的爆米花，比如玉米粒必须达到一定的干燥程度。如果这些玉米粒一直在你的胃里，而你的胃又是一个潮湿的密闭环境，那么它们肯定不会爆开。

研究人员 (一批热力学分析工程师 —— 这是真的) 发现爆米花的理想温度是 365 华氏度。如果你在炉子上用油爆玉米粒，油温应该刚好超过 400 华氏度。如果温度过高，玉米粒没等爆开就会烧糊。火化炉的平均温度是 1700 华氏度，超出爆米花所需温度的 3 倍多。而且从火化炉顶喷射出的火焰会点燃尸体的胸部和腹部，将胃里的玉米粒烧得一点儿不剩，与体内其他软组织的命运一样。

我毁了你的恶作剧计划，但我并不感到抱歉，谁让你想逗弄火化工来着！我 20 多岁就开始当火化工，让我这个过来人告诉你，这其实是一份非常辛苦的工作。工作环境又脏又热，还要整天跟死尸和哭哭啼啼的死者家属打交道。你就别再给我们添堵了！

但是，如果你死活都想在火葬时搞出个动静吓唬火化工，那么不要考虑爆米花，往体内装个起搏器试试。（注意：我百分之一千不建议你这样做。我只是在开玩笑——是的，蒂姆，我也会开玩笑。）

心脏起搏器用来帮助活人控制心跳，根据身体情况让心跳加速或者减慢。这是一个可爱的小玩意儿，只有饼干那么大，由电池、低频脉冲发生器和需要植入体内（通过手术）的电线等构成。当你的心脏出现问题时，起搏器能救你的命。但是，如果连同尸体一起放入火化炉，它就会变成一枚小炸弹。

在把尸体放入火化炉之前，我们都会先检查文件，看看上面是否注明这个人装有心脏起搏器，然后再在心脏周围按压感觉一下。如果确实有，就必须把它摘掉。别担心，人都死了，不会介意我们拿走它的。心脏起搏器本身并不罕见，每年有 70 多万人安装，所以难免会出现个别设备和尸体一起进入火化炉的情况。

如果真发生了这种事，炉内的高温将引起化学反应，让起搏器爆炸。那么，电池呢？不是说电池里的能量能让起搏器持续使用好几年吗？砰！电池里的所有能量都会在一秒钟内释放。发生爆炸的那一刻，如果火化工正好在观察火化炉的运转情况，他不仅会受到严重惊吓，还有可能受伤致残。爆炸也会造成火化炉金属门和炉内砖壁的损坏。

蒂姆，我由衷地希望你用不到心脏起搏器，也希望你只搞一些无伤大雅的恶作剧。你觉得使用推特的定时发送功能，在你死后第二周发信息告诉大家"你每走一步，我都会看着你"[1]怎么样？我觉得应该能吓到他们。

---

1　译者注：经典歌词，来自英国警察乐队的名曲《你的每一次呼吸》。

# 卖方一定
## 要告诉买方房子里死过人吗？

就在我写这本书的时候，我在洛杉矶的家附近正在建一栋全新的豪华公寓。这栋公寓价格过高，外观也不怎么样（就像一个巨大的白色特百惠水杯），但目前还没死过人，以后就不知道了。

给你一条专业建议：如果你一心想住在一个绝对没有人死过的地方，就买栋新房子吧，最好能看着它盖起来。因为真相是，如果你住的是一栋很有年头的别墅或者维多利亚式豪宅，很可能有人在你一边看电视一边吃爆米花的位置咽下了最后一口气，而且没人会告诉你。

卖方需要告知买方哪些事项，美国各地的规定都不一样。一般来说，如果有人在家中"安详辞世"（就是说没有被杀人狂的利斧砍得七零八落），卖方就不用告诉买方。意外死亡（比如从梯子上摔下来）和自杀也无须告知。而且，不管在美国哪里，卖方都没有义务披露与 HIV 病毒或艾滋病有关的死亡事件。有时房屋中介会建议卖方不要透露房屋发生过死亡事件，以免造成不必要的资产贬值。没有卖方想让买方脑补鬼魂出没和《闪灵》中"电梯血潮"那样血腥的犯罪场景。

发生过死亡事件的住宅数量比你想象的要多得多。你读这本书时所在的房屋，说不定也死过人哦。记住，死在自己家中的人往往比死在医院或养老院的人要多。如果你的房子至少有 100 年的历史，那很有可能已经发生过一些死亡事件了。

如果有人在家里安详地死去，通常情况下会由家属或护工联系相关人员把遗体从家中带走，不会让遗体烂在家里。这些不属于会发生鬼魂作祟的死亡情形。

即使出于某种原因，房间被高度腐烂的尸体搞得一团糟，专业的清理人员也可以让房间改头换面，以至于你根本不会想到曾经有一具尸体在你温馨的小屋里腐烂过。

比如我的一个朋友——我们就叫她杰西卡吧——住在洛杉矶一栋公寓楼的 5 层。某年春天，她注意到家里弥漫着一股怪味。起初她以为自己没有及时清理猫砂盆，后来才发觉这个味道来自自家的正下方。原来楼下的邻居独自死在了家中，两周后才被人发现，她以为的"猫屎味"其实是尸体腐烂的味道，穿过破旧公寓楼的地板飘进了她家。这具尸体后来被有关单位移走了。

在好奇心的驱使下，杰西卡顺着防火梯爬到这位邻居家，从敞开的窗户往屋里偷瞄。虽然法医带走了尸体，但屋里仍残留着邻居的痕迹——她看到地板上布满了厚厚的黑色污渍，里面有一群蛆在疯狂地蠕动。

你肯定不会租下如此有故事的公寓。但没过几个月，公寓翻修完毕，一切都焕然一新。杰西卡问新搬进来的人对新公寓感觉如何，他们满意极了，没有任何关于气味不好之类的抱怨。杰西卡决定绝口不提以前的邻居。

那个新租户知不知道这间公寓死过人呢？根据加利福尼亚州的法律，加州业主有义务告知租户最近 3 年内发生在其房屋内的死亡事件。美国只有加州有这样的法律规定。如果租户认为该死亡事件对自己造成了伤害，那么租户有权利起诉业主。因此，业主只有在租户租房前告知其这里发生过死亡事件，才能免于被起诉。杰西卡所在公寓楼的房东很可能不知道（或者无视）这条法律，才没有向新租户提起这件事。

另外，值得注意的是，在美国的一些州，比如佐治亚州，只有在你主动询问的情况下，业主才有义务告诉你近期发生的死亡事件。只要你问了，他们则必须如实回答，就好像吸血鬼必须征得你的同意才能进入你家。杰西卡的故事告诉我们，如果你担心未来的"新"家死过人，最好先跟业主核实一下。

上述情形在大多数州都适用，但有些地方除外。在俄勒冈州，不管这个人是什么时候死的、怎么死的，业主都没有告知的义务。哪怕是残忍的暴力死亡事件，他们也没必要告诉你。对"河狸之州"[1]来说，谋杀和自杀与"安详离世"没什么区别。

用房地产术语来说，关键在于死亡事件是否属于"决定性事实"。"决定性事实"指的是影响买方做出购买决策的关键性因素，比如地基是否断裂、是否存在隐性结构缺陷等。暴力死亡事件（比如谋杀）是否属于"决定性事实"，取决于你所在的州。如果属于，那么业主就必须履行告知义务。但是，安详辞世和自杀通常不属于"决定性事实"的范畴。

如果一栋房子里发生过谋杀，这栋房子就会变成"瑕疵房"，即一栋背负着"坏名声"的房子。不仅是谋杀，其

---

1　译者注：指俄勒冈州。俄勒冈州早期最有名的就是那里出产的河狸皮，故有此称。

他暴力犯罪和闹鬼的传闻也会给房产贴上这个标签。卖方也许不想告诉你 2008 年时他的房子里发生过 3 起谋杀案，但如果他确实对你有所隐瞒，而你又从邻居那里得知了此事（"坏名声"就是这么来的），你有权利解约并提起诉讼。当然了，这种操作取决于你所在的州。

我真心认为，如果有一天你住进了死过人的房屋或公寓里，你最好接受这个事实。你不会有事的。我妈就是一名房产销售，不久前刚卖出一栋房子。她如实告诉买家（我妈知道，她不说的话，邻居也会说），90 岁的房主就是在这栋房子里死去的。买家考虑一番后，还是决定买下，因为他们觉得前任房主一定是因为太爱这栋房子，才愿意将其作为人生的终点站。

我希望能在家里安详离世，但我没打算变成鬼留在家里吓人。如果你还是介意住进有可能死过人的房屋，可以先和房产中介或房主好好聊一聊，除非你住在俄勒冈州。

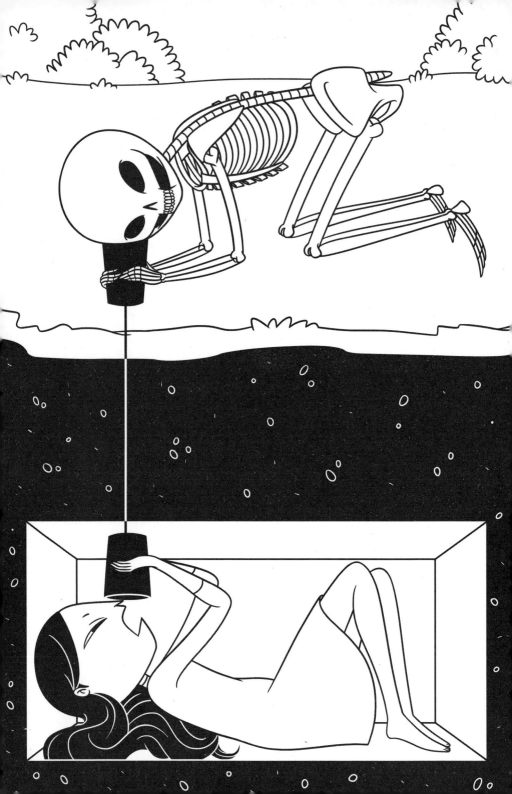

## 如果我只是昏迷，
## 别人却以为我死了，把我埋了怎么办？

---

好的，让我确认一下，你不想被活埋，对吧？明白了。

你很幸运，没有出生在"往昔好时光"[1]。在那个年代（20世纪之前），医生用来判断一个人是否"真正死亡"的方法，不仅没什么技术含量，还非常吓人，特别影响准确率。

举几个例子让你们感受一下：

用针扎脚趾、心脏或胃；

用刀切下一片脚掌肉，或用烧红的拨火棍烫脚；

给溺毙的死者用烟"灌肠"——也就是让人"往你的屁股里吹烟"（对，就是字面上的意思），看看你会不会因为身体变暖而恢复呼吸；

---

1 译者注：迪士尼1933年的一部米老鼠动画片，故事时间在中世纪，此处作者用来指现代以前。

用火烧手掌或切下一根手指。

还有一个我最喜欢的：

在一张纸上用隐形墨水（由醋酸铅制成）写下"我真的死了"，然后把纸盖在"死亡状态待定"的死者的脸上。提出此方法的人称，尸体腐烂后会释放二氧化硫，从而让字迹显现。但是拥有一口蛀牙的活人也会释放二氧化硫，所以这个方法也不靠谱。

如果这些"测试"确实让你从昏迷中苏醒，恢复了呼吸，或者出现了其他明显的身体反应，说明你还活着！当然，这么折腾下来，你没死也得半残，扎在心脏上的那根针说不定就会要了你的命。

但那些还没被针扎、刀切、灌肠，就错当成死人给埋了的可怜人呢？

生活在16世纪英格兰布拉芬的马修·沃尔（他是一个大活人）就遇到了类似的情况。当时人们都以为他死了，没想到葬礼那天，抬棺材的人脚下打滑，把棺材摔到地上，马修随即恢复了意识。据说，人们听到他敲打棺材盖的声音后把他放了出来。时至今日，每年的10月2日都是"老人节"，用来庆祝马修的"起死回生"。马修在自己的"葬礼"后又活了24年。

发生过这种事情，难怪有些人会患上"活埋恐惧症"，生怕自己还没咽气就被埋入坟墓。马修·沃尔没有被活埋还算幸运，但安吉罗·赫斯可就没这么好运了。

1937 年（我知道，1937 年不属于"往昔好时光"，但至少比你出生那年早得多），法国人安吉罗·赫斯骑摩托车时出了车祸。医生无法找到他的脉搏，只好宣告死亡。他很快就被下葬了，由于身体状况惨不忍睹，他的双亲也没能见到他"最后一面"。要不是保险公司怀疑其中有诈，安吉罗将永远长眠。

下葬两天后，安吉罗被挖出来重新"尸检"。过程中，验尸官发现他的身体还是温热的——他还活着。

这是因为他一直处于深度昏迷状态，呼吸速度大大减慢。正是这种缓慢的呼吸让他在被埋葬后活了下来。[1] 恢复健康的安吉罗过上了充实的生活，甚至发明了一个带有无线电发射器和厕所的"安全棺材"。

生活在 21 世纪的你是幸运的。如果你陷入昏迷，医生有很多方法确保你已经"死透了"才让你下葬。有时，即使检查结果表明你还活着，但对于你本人以及你的家人来说，

---

1 原注：如果你被活埋，正常呼吸会让你死于窒息。棺材里的空气最多能让一个人存活 5 个小时。因活埋而产生的焦虑会让你换气过度，这种情况下氧气会消耗得更快。

也不算是个安慰。

媒体和电视节目总是把"昏迷"和"脑死亡"两个概念混为一谈。"克洛伊是我的一生至爱，但她再也不会从昏迷中醒过来了，我不知道该不该拔掉她的呼吸机。我必须做出抉择。"好莱坞的演绎方法让这两个医学情况看起来像是一回事，都好像离死亡只有一步之遥。这是错的！

与"昏迷"相比，你最应该避免的是"脑死亡"（当然这两个情况都不怎么样）。因为"脑死亡"的话，你就再也醒不过来了。你不仅失去了创造记忆力和行为、让你思考和说话的所有上脑功能，而且也失去了下脑为维持生命所做的一切无意识的事情，例如心跳、呼吸、神经功能、体温、反射性动作等。你的大脑控制着大量的生物活动，这样你就不必经常提醒自己"我得活着、活着……"如果脑死亡，就得由呼吸机、导管等医疗设备来完成这些功能了。

你不可能从脑死亡中苏醒。如果你脑死亡，就是真的死了，没有灰色地带（这是有关脑灰质的双关笑话）：你要么脑死亡了，要么没有。但是，如果你陷入了昏迷，从法律上来说你还活着。虽然处于昏迷状态，但你的脑功能还在，医生可以通过观察脑电波和你对外界刺激的反应来判断，比如呼吸和心跳。更幸运的是，你很有可能从昏迷中苏醒并恢复意识。

可能你还想问：如果我陷入了重度昏迷呢？会不会有人拔下我的呼吸机，送我去停尸房？我会不会既困在棺材里，又困在自己的精神世界中呢？

不会的，现在有很多科学方法来判断一个人是昏迷还是脑死亡。这些方法包括但不限于：

1. 观察瞳孔是否能做出反应。遇到强光时瞳孔应当收缩，但脑死亡的人不会。

2. 用棉签擦拭眼球。如果你眨眼了，就说明你还活着！

3. 咽反射检查。把呼吸管插进你的喉管，观察是否出现干呕反应。死人不会干呕。

4. 用冰水注入耳道，观察眼球有没有快速左右移动。如果没有，就说明你的情况可不太好。

5. 自主呼吸检查。拔掉呼吸机后，二氧化碳会在你的身体中积聚，让你窒息。当血液中的二氧化碳含量达到 55 毫米汞柱时，大脑通常会指示身体进行自主呼吸。如果没有发生自主呼吸，说明你的脑干已经死了。

6. 用脑电图（EEG）记录大脑活动。大脑活动要么有，要么没有。如果脑死亡，大脑活动就为零。

7.脑血流测定（CBF）。先将放射性同位素注入血液，一段时间后，使用安置在头部顶端的放射性计数器检测是否有血液流入大脑。如果有，就说明大脑没死。

8.给静脉注射阿托品。活人心跳加速，脑死亡者心跳不变。

一个人只有在多项测试都没有通过的情况下才能被宣告脑死亡，而且需要多个医生确认。只有接受了无数项检查和深入体检后，才能从"昏迷"变成"脑死亡"。现在可不是随便找个人往你心脏上扎针或者用隐形墨水在纸上写字的年代了。

大脑有活动却没有通过测试，明明只是昏迷却被当作脑死亡而送出医院的情况也不太可能发生。即便发生了这种事，没有哪个我知道的殡葬师和验尸官会分不清活人和死尸。作为已经见识过上千具尸体的"过来人"，我可以告诉你，死人一看就是死人。我知道我的话不太有说服力，也不怎么科学，但是我可以保证，你是不会被错当成死人给活埋的。看看你手中的"怪异死法"清单，你现在可以把"陷入昏迷而被活埋"这一项放到"可怕的地鼠事故"后面。

# 飞机上
## 有人死了怎么办？

 

如果你在飞机上死了，空乘会在你的尸体上绑好降落伞，打开应急出口把你扔出去。在此之前，他们会把一张卡片塞进你的衣服口袋里，上面写着你的姓名和地址，并且备注"别担心，我在飞机上就已经死了"。（专业人士告诉我，航空公司的管理规定里没有这些。）

通常情况下，你一般不会死在飞机上，除非是因为坠机。发生空难的概率小之又小，只有1100万分之一。我告诉你这个数字，是因为我也非常害怕飞机失事。但你看，这其实是个极小概率事件，你在飞机上会很安全。

不过，考虑到全世界平均每天有800万人坐飞机出行，难免会有人因心脏病、肺病或其他老年疾病在飞行途中死亡。刚喝完免费的姜汁汽水就死在大西洋上空，这样的情况也不是不可能。几年前在洛杉矶飞往伦敦的航班上，我刚吃完印度马萨拉鸡肉飞机餐，坐在我旁边的乘客猛地摔倒在过道上，把刚吃下的鸡肉全都吐了出来，随后彻底失去了知觉。"天啊，这不是演习，是真有人出事了！"我心想。虽然我是殡葬师，但我也不愿意在剩下的旅途中一直和尸体坐一起。幸好同乘的一位医生架着这个人离开了，后者一直待在头等舱直到落地，而我却在经济舱一路闻着他留下来的马萨拉鸡肉呕吐物的味道。

突发事件的属性不同，机组人员的应对也不同。如果是紧急医疗事件，比如一个人命悬一线，但还有被救活的可能，机组人员就会改变航线，让飞机降落在距离医护人员或医院最近的机场。如果是死亡事件，反正人已经死了，到达目的地后也一样是死的，就没必要急着赶路了，对不对？

如果你碰巧坐在死者旁边，你会拥有一段极为超现实的人生体验。你会把乘务员叫来，说："你好，你们是不是搞错了，我从没提出过自己想要和一具尸体共度 5 个小时飞行时光。"如果你靠窗，而尸体靠过道，就更尴尬了。不过不用担心，乘务员会立刻把尸体移走藏起来，对吗？

不，不对。乘务员百分之百会让尸体继续坐在你身边。

在航空业还比较辉煌的年代，航空公司总会留出几个空位，确保尸体能独享一排空间。但今非昔比，航空公司恨不得每架航班都坐得满满当当的。这种情况下，乘务员只会用一条毯子把尸体遮起来并系上安全带，仅此而已。

你也许会说："飞机上肯定有安置尸体的隐藏地点。"请问，你坐过飞机吗？坐过的话就该知道，机舱里挤得就跟沙丁鱼罐头一样。你也不要打卫生间的主意。尸体会倒在卫生间地板上卡住门，怎么打也打不开。飞行时间如果超过3个小时，尸体就会出现尸僵，想要移出来就更难了。而且，真要把尸体锁在卫生间的话，也太不尊重他了吧？这样一来，能安置尸体的地方就只剩下：空座位（如果有）、你旁边的座位（如果有空座）、后厨（存放餐车的地方）。比较理想的解决方法是，乘务员把尸体藏进后厨，拉上帘子不让人看见。

大概是2004年，考虑到飞行期间很有可能出现死亡事件，新加坡航空在使用空中客车A340-500机型的航班上安装了隐藏式尸体架（我觉得其他航空公司也都装了），为的是"降低死亡悲剧带来的痛苦"。每个架子都配有绑带，避免尸体在飞机遇到颠簸时被甩出去。这个机型用于新加坡往返洛杉矶的航班——这是当时世界上无经停飞行时间最长的航线，要飞17个小时。很遗憾，新加坡航空之后再没用过这个机型，极具革命性的尸体架也再无用武

之地。

　　你可能无法忍受和尸体共乘一架航班，我也是。虽然我非常擅长和尸体打交道，但我也不愿意挨着陌生人的尸体坐上几个钟头。但如果我告诉你，你乘坐的飞机上其实经常有尸体，只不过你不知道，你会不会感觉好些呢？我说的是那些和你的行李一起放置在货舱内的尸体。尸体一直都是被运来运去的。比如，有人死在加利福尼亚，但想埋在密歇根；有人在墨西哥度假时去世，需要运回纽约下葬。我的殡仪馆经常处理这样的尸体，我们会把尸体妥善固定在结实的大型货厢内，然后送到机场托运，让死者顺利回家安葬。你所乘坐的任何一架航班的货舱内，都可能有一名额外的"乘客"。

　　最后说一句：根据机组人员的说法，没有谁是真正死在飞机上的。如果飞行途中有人死了，就意味着机组人员有很多烦琐的手续和文书要处理，落地后整架航班还要进行隔离以防疫情。警察也有可能把飞机视为潜在的犯罪现场，在警方结束调查前，机组所有人员只得停飞。而且发生在你邻座的"法律与秩序"[1]事件还会让本来就很麻烦的转机变得更加艰难。所以，与其承认飞行途中有人死亡，不如在落地后让

---

1　译者注：*Law and Order*，美国著名法律电视剧。

医务人员宣告死亡。航空公司就是这么做的。大多数乘务员都不是医生，因此他们没有资格宣告某位乘客死亡。当然，就算这名乘客已经连续 3 个小时没有呼吸，身上还出现了尸僵，也说明不了什么!

现在你知道如果有人死在飞机上，乘务员会怎么处理了吧? 也许和尸体坐在一起飞往东京不怎么理想，但我宁愿旁边坐的是死人，而不是哭闹的熊孩子。我没有贬低小孩的意思，只是更想和尸体做伴。

# 埋在地下的
## 尸体会让地下水变味吗？

———————————————

等一下，你是不是对一大杯美味的泡尸水有意见？

好吧，没人想让死尸靠近水源。不管你对死亡的接受度有多高，这种事情想想就恶心。每隔一段时间，我们就会看到某地水源被死尸污染的新闻，而霍乱是最典型的水污染危害——相信我，你不想患上这种疾病。霍乱通过粪便循环传播，霍乱弧菌进入你的肠道，连续几天给你带来可怕的水性腹泻，不及时治疗的话，你很快就会死。如果腹泻污物进入到饮用水系统，饮用水就会被污染，让更多的人染上霍乱。全世界每年约有 400 万人感染，他们大多都是贫困人口，生活在缺乏清洁用水的地区。

这些跟尸体有什么关系呢？像西非，尸体通常是导致霍乱暴发的元凶，但人们很少把二者联系起来。每当有人离世，死者家属都会在河边清洗遗体。尸体肚子里（已被霍乱

弧菌污染）的粪便会进入水中，或者转移至正在清洗遗体的人的手上，而这些人之后又会去准备葬礼食物，因此葬礼上提供的水和食物都沾上了细菌。在人们反应过来之前，霍乱已经暴发了。

听起来很吓人吧？但我要澄清一点：只有特定几种传染性疾病（比如霍乱和埃博拉）才会让尸体变成大杀器。这些疾病在欧美等地极其罕见。也就是说，比起埃博拉，我们更有可能因为睡衣着火而死。而且，我们有幸拥有昂贵的卫生设施和废物处理系统来减少霍乱。如果你清洗并照料的死者是因癌症、心脏病、摩托车事故等死去的，那么不用担心，即使你或其他照料死者的人事后去准备食物和饮料，也不会对现场来宾构成威胁（不管你在葬礼当天有没有碰过尸体，我都建议你在饭前洗手）。

如果是一整具尸体都泡在水里呢？我想说，这属于极端案例。起码从心理上来说，没有人愿意看到自己的水库里漂着人类或臭鼬的尸体。那么，埋在土里的尸体呢？尸体会在地下腐烂，而地下水是农村人口的水源。这么看来，水源附近有尸体腐烂实在令人作呕，谁会愿意喝这种水呢，对不对？

科学家就这个问题进行了一系列研究并得到了答案。

虽然腐烂看起来很恶心（闻起来也是），但腐烂尸体里的细菌是无害的。细菌有好的也有坏的，腐尸里的这些只负责分解尸体，是不会让活人生病的友好型细菌。

为了了解尸体埋葬后会发生何种变化，科学家们研究了坟墓周围水和土壤中的腐烂产物（腐烂产物，这个词好像可以做品牌 T 恤和 iPhone 定制手机壳的名字）。如果一具没有经过化学处理的尸体埋在了离地表只有几英尺的表层，很快就会腐烂。肥沃的土壤起到了"净化作用"，缩短了分解周期。不仅如此，这种"地表土"还能防止污染物入侵到土壤深处的水。只要尸体不携带高度传染性病菌，水就是安全的。

事实上，比起让尸体自然腐烂，我们为防止尸体腐烂而做出的事情危害更大。通常情况下，土葬的尸体需要经过化学处理，然后放入厚重的硬木或金属棺材里，埋入地下 6 英尺或更深的地方。这是因为人们觉得越深就越安全，对尸体本身和其他人都有好处。但金属、甲醛和医疗废物对地下水的危害可能比它们试图防护的尸体大得多。

比如，你知道美国内战时期的士兵尸体至今都在污染地下水吗？很不可思议吧？但这是真的。当时超过 60 万的士兵死于战场，家属都希望把遗体带回家乡安葬，但总不能把一具具腐烂的尸体塞入火车运走吧（其实是愤怒的列车长不同意）？火车公司只运输铁皮棺材，但大多数家庭都买不起。

这时一批叫作"防腐师"的商人出现了。哪里有军队，哪里就有他们。他们在军队营地里支起帐篷，用化学物品给战死的士兵进行防腐处理，好让他们在回乡下葬的途中不会腐烂。那时候的防腐技术有限，不管锯末还是砒霜，都用来给尸体防腐。砒霜属于剧毒，对活人来说毒性极强，可以导致癌症、心脏病、畸形儿等众多严重后果。内战结束至今已有150年，仍有砷从这些士兵的坟墓里渗出来。

尸体在地下慢慢腐烂时会与土壤混合，释放出砷。当雨水和洪水进入土壤时，浓缩的砷被冲进当地的供水系统。坦白说，水里哪怕只有一点儿砷都算过量——但只是微量的话，还是可以饮用的。尽管如此，针对艾奥瓦州一处内战墓地进行的研究发现，附近水中的砷含量超过安全限值的3倍。

水里有砷不是那些尸体的错。如果不往他们体内注入砒霜，他们的尸体就不会致癌。好在100年前防腐师就放弃使用砒霜，但是替代砒霜的福尔马林也有一定的毒性。

再强调一遍，除非你照料的尸体感染了埃博拉或霍乱病毒（基本不会发生），或者你住在那些士兵坟墓的周围（这个可能性会高一点，但也不太可能发生），否则不用担心饮用水会被尸体污染。

不过，就算有科学的解释，水源被尸体污染的恐惧还是会萦绕在人们心头。比如，最新流行的"水化"。火化，你应该很熟悉了，就是用火把尸体的有机组织全部烧掉，只留下骨灰的遗体处理方式。"水化"则是用水和氢氧化钾将尸体分解至骨骼。"水化"更环保，而且不使用天然气（一种有价值的能源）。但一想到尸体能被药水分解，有些人就陷入了深深的恐惧——特别是当他们发现用于"水化"的水会排放至污水系统，即使这些"水"完全无害。报纸曾经用"来，喝下这杯祖父！"作为头条标题，"把死者冲进下水道"作为副标题报道过——真是这么写的，我没骗人，这还是一份非常有影响力的主流报纸。唉，孩子们，你们可别真把祖父喝了。

我去看了一个展览，
里面有一些没有皮肤的尸体在踢球，
我死后也能被做成这个样子吗？

不用再说了。剥去皮肉的死尸被摆成踢足球的姿势，你去看的一定是"'人体世界'塑化尸体展"。这个展览一开始是个巡回展，1995年在东京开幕，2004年来到美国巡展，观展人数达到上千万（多关注演出信息，这群尸体大杂烩说不定哪天就来到你所在的城市了）。一些观众非常喜欢这个展览，认为从中学到了有关解剖和死亡的科学知识；另外一些观众则认为这纯粹就是"一场可怕的、对资本主义过剩的布莱希特式戏仿"（我也不明白是什么意思，听上去很糟就是了）。不管你喜不喜欢，当出现在你眼前的是一个肚子里放着胎儿横截面标本的孕妇、一对正在性交的男女、一具摆成踢球模样的无皮人体，你一定会对这些奇特的塑化尸体感到好奇。

首先要指出的是，这些都是真正的人类尸体。除去几个重要的，这些人全都希望自己的尸体能够展出。约有 1.8 万人在"人体世界"尸体捐献名单上签了字，其中大部分是德国人。观众甚至可以在参观完展览后填写现场分发的捐献表格。一名女士特意要求把自己的遗体摆成排球救球的模样。展出的尸体全部匿名，以防有人"按名索骥"——"那个正在玩空气吉他的尸体是不是杰克？"

很久以前，人类就有长期保存并展示尸体的传统，比"人体世界"早得多。保存尸体与烹饪、运动、讲故事、传八卦一样，可以算是风靡全人类的闲暇活动。从古代中国到埃及，从美索不达米亚到秘鲁的阿塔卡马沙漠，从事这项工作的人不仅会用草药、焦油、植物油及其他天然产物制作干尸，还掌握了摘除内脏、清空腹腔的技能。到了文艺复兴时期，尸体保存工艺的精细度得到了提升，这是因为人们发现可以把液体直接注入尸体的静脉，让循环系统将其带到身体的各个角落和缝隙。墨水、汞、葡萄酒、松节油、樟脑、朱砂和"普鲁士蓝"

（亚铁氰化铁）只是所使用的液体化合物中的几种。

接下来就是塑化技术，也就是"人体世界"使用的尸体保存技术。塑化原本用于制作教学用的解剖标本，但其自带的艺术气息也可以让尸体变成散发着诡异之美的雕塑作品。

如果你捐献了自己的遗体并同意塑化，他们会先用甲醛保存你的遗体，其间进行解剖和脱水处理。当他们把你浸泡在丙酮里时，你体内的液体和摸上去软软的部分（水和脂肪）会被吸出。也就是说，你体内细胞中的水和脂肪将全部由丙酮取代。丙酮是洗甲水的主要化学成分。还记得人身体里大约60%都是水吧？现在你的体内60%都是洗甲水。

然后是最重要的一步——把你放入熔融塑胶（含有硅、聚酯塑料等）里煮沸。这个过程在密封真空室里进行，真空环境会迫使你体内的丙酮沸腾并从细胞中蒸发，让熔融塑胶填充进来。现在你的体内已经充满了塑料，可以让活人摆成你生前想要的姿势了。

最后根据需要固化的物质类型和数量，选择紫外线、煤气加热等方式把你定型。哇，快看，你已经成功变成一具坚硬、干燥、无味，并且正在救球的尸体了！整个塑化过程会持续一年，费用高达5.5万美元。

“人体世界”展览主办人、塑化尸体先锋冈瑟·冯·海根斯自称“塑化师”，颇有点职业摔跤手和B级电影导演的气质。他在德国开设了一家名为“塑化研究所”的机构，里面陈列了他的部分成果供来访者参观。冯·海根斯的塑化事业算不上一帆风顺。在把自己的遗体捐献给“人体世界”之前，你最好先了解一下。

有人指责他通过走私尸体牟利，从亚洲的医院购买尸体，但这些医院并没有贩卖这些尸体的权利。估计这些死者也万万没有想到，自己死后会永远拿着萨克斯风"演奏"，或者手持自己被剥下的皮肤供人参观。很遗憾"人体世界"从一开始就落得这个名声，毕竟之后有的是人愿意捐献遗体给他们使用。

告诉你一个小八卦，这些展出的人类尸体偶尔会被偷走。2005年，两个神秘女子从"人体世界"洛杉矶站偷走了一个塑化婴儿。2018年，新西兰的一个男子偷走了几个塑化脚趾，每个价值3000美元——这个价格有点儿高，毕竟只是脚趾，不是胳膊和腿。

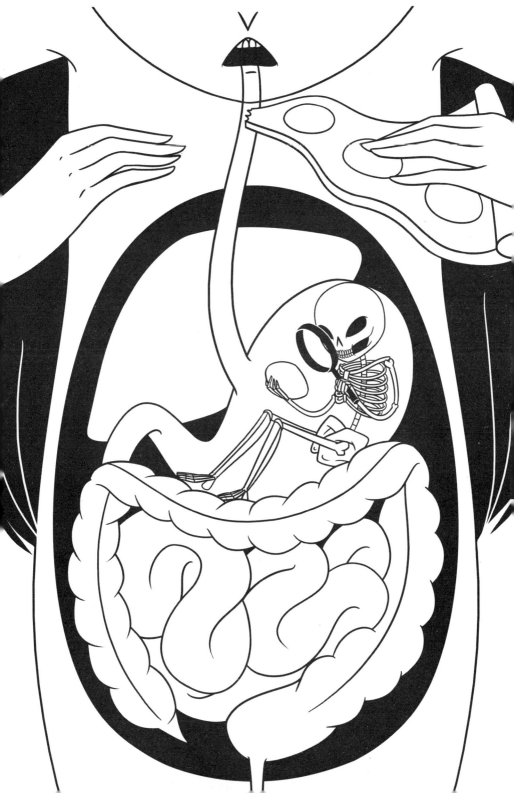

## 如果有人在吃饭时死了，
## 他肚子里的食物还会被消化吗？

你死了，你肚子里的比萨是不是也"死"了呢？

这个嘛，还真不一定。

在你死亡的那一刻，你的胃不会立刻停止消化功能，但消化速度会减慢。

假设你一边看视频一边吃比萨，吃着吃着突发心脏病，一头倒在地上死了。从某种程度上来说，你吃掉的比萨此时已经在消化过程中了。

这是因为在你机械性咀嚼比萨的同时，唾液中的消化酶便与食物混在了一起，开始分解你口中的酱汁、面饼和奶酪。当你咽下嚼烂的食物时，食道会收缩，把这口混有消化酶的奶酪送进胃里。

在你活着的时候，胃会发挥消化功能，食物不仅会被分泌的胃酸分解，还会被活动的胃肠肌肉磨碎。但是，既然你已经死了，胃就不再分泌胃酸，胃肠肌肉也停止了活动，只剩下你死前分泌出的消化酶和消化道中现有的细菌来分解比萨。

假如你死后好几天才被发现——感觉这个比萨案例的走向越来越黑暗了，抱歉——法医会进行尸检来确认你的死亡时间和死因，而你胃里的那块比萨会帮上大忙。下面我就来解释一下为什么。

如果我们得知你在星期二晚上 7 点半左右点了比萨，而你的尸体是在星期五被发现的，那么你肚子里比萨饼的状态和位置可以告诉我们你吃完比萨后还活了多久。如果你胃里有一大堆几乎没被消化的比萨，就说明你吃完最后一餐没多久就死了。如果比萨变成糊状并且顺利通过了胃和肠道，就意味着消化时间充足，应该是在当晚晚些时候死的。这就是"死亡时间推断"，也就是"计算你死了多久"的意思。

需要明确的是，"胃里比萨的模样"并非总能提供科学、有效的答案。法医病理学家确实会根据胃里的残留物推断死亡时间，但也有其他因素会影响消化，比如药物、糖尿病、食物中的液体含量等。医生会仔细检查你胃里的残留物，从未消化的口香糖（比你想象的更常见）到胃肠结石，后者是一大堆因为难以消化而大量堆积在一起的东西（你最好别去上网搜）。病理学家还会检查你的肠道，这个过程比检查胃更复杂、更恶心。他们会把你的肠子（摊开后几乎和公共汽车一样长）掏出来放进水槽，从头到尾划出一条大口子。我的法医朋友称这个过程为"通便"。你猜他们会从这堆可怕的内脏里找到什么？比萨残渣、粪便，或是医学病变？谁知道呢！这是冒险的一部分（这种冒险让我再次庆幸自己是殡葬师，不是法医）。

注意，如果没有票据能够证明比萨是在晚上 7 点半送达的，你肚子里还未完全消化的比萨就起不到太多作用。假如你在上午 10 点吃掉一块剩比萨，下午 3 点再吃一块，有可能现在再吃几块（我没必要跟你解释为什么会吃这么多）。这样一来，刑侦人员就无从得知你到底是什么时候吃完这一整张比萨的，无法依靠你肚子里比萨的状态推断死亡时间。

也许你胃里残余的比萨有助于判断你的死亡时间，但对为了进行遗体瞻仰而给你防腐的防腐师来说，这是个大麻烦。你肚子里有张比萨意味着它会腐烂，破坏防腐师想要达成的防腐效果。这就是防腐师使用套管针的原因。套管针是一种大号的细长型针管，防腐师将它戳入你的肚脐下方，刺穿肺、胃、腹腔等器官，从而吸出内脏中所有的废物，比如气体、液体、粪便和剩比萨。

如果你希望在遥远的未来胃里的残留物能够帮助那时的人类确定你来自哪个时代，你可能就不想让防腐师用套管针把比萨吸出来了。奥茨是一具已有 5300 年历史的木乃伊，在奥地利和意大利边境处被两名德国登山者发现。科学家检查他的胃部后发现，他在背部中箭死去时正在吃饭——这是多么卑鄙的谋杀呀！剧透：他的最后一餐不是比萨，而是肉（羱羊和赤鹿）、单粒小麦[1]和有毒蕨菜的残留痕迹。这顿饭的脂肪含量比科学家预想的高得多（我死后的化验结果应该也是如此！）。奥茨还没来得及消化就死了，因此他的胃告诉我们很多有关 5300 年前人类生活和饮食状况的信息，这些很有价值。也许未来某天，你胃里的比萨和"奇多"辣味薯片也会具备这种教育意义。

---

1　译者注：einkorn wheat，学名单粒小麦，是最早被广泛种植的小麦。

## 每个人都能装进棺材吗？
## 如果是个子特别高的人呢？

---

听着，有的人确实进不去棺材，这时就需要殡葬师出面处理。这是我们的工作，死者家属还指望我们呢。在别无选择的情况下，我们只能把尸体膝盖以下的腿截掉。

骗你的，我们怎么可能这么做？！为什么所有人都觉得殡仪馆会这样对待高个子？

遗憾的是，这种截肢传闻并不是一个都市传说，2009年在佛罗里达州当真发生过这种事。一切都要从一名身高2米的死者说起。死者的确是个大高个儿，但从棺材尺寸来说（后面我会详细说明），还不至于放不进去。死者遗体被送到卡佛殡仪馆处理。

到达殡仪馆后，事态很快就从"岁月静好"发展到"过于血腥"。殡仪馆老板的父亲经常帮忙处理一些琐事：打扫卫生，给死者穿衣服，把尸体放入棺材，等等。据老板的父

亲说，那天他决定用电锯锯掉死者的两条小腿，和尸体一起放在棺材里。员工不仅真这么做了，还举行了遗体瞻仰仪式——他们只把死者的脸和上半身露出来让家属看，原因显而易见。4年后，一名离职员工透露了真相，当家属把棺材挖出来看时——天啊，尸体旁边果然塞着两条小腿!

不管出于什么理由，把腿锯掉这种操作都太让人迷惑了。我第一次听到这个故事时以为是假的，因为这种行为不仅不合乎常理，还严重违背了职业道德，殡仪馆员工绝不会这么做。就算这是基于死者遗孀的恳求（"求求你把他的腿锯掉吧，这样我心里就踏实了"），我们也不能动手，不然会犯下——想必你也猜到了——虐待尸体罪。这条法律专门用来保护尸体免遭侵害。而且，锯腿还会把准备间搞得一团糟——当然和犯罪比起来这不算什么，但我觉得还是有必要提一下。

说实话，这个故事里最让我费解的是，殡仪馆以为棺材装不下这个人。2米的身高还算正常，没有到放不进棺材的地步。美国普通尺寸的棺材连2.1米高的人也装得下，更别说2米了。就算殡仪馆的库存棺材小了那么一点，也可以把布料内饰拆掉扩大空间，或者订购一个大号棺材。有这么多解决方法可选，殡仪馆偏要锯掉死者的小腿，我真的无法理解。

好吧，万一死者特别高，像马努特·波尔那么高呢？马努特·波尔是 NBA 有史以来最高的两个职业篮球运动员之一，身高 2.31 米，臂展（胳膊在两侧伸平后两手指尖之间的距离）也达到了惊人的 2.6 米，可以说超过了我们所有人。这种身高的人棺材也能装下吗？

我可以明确地告诉你，任何人都有合适的棺材能装进去，多花点儿钱就能得到一个"超大型号"。我并没有说为

此支付额外的费用是公平的，但殡葬业的现实就是如此，我听说过有的棺材长达 2.4 米。而且上网随便一搜，就能找到为超大体形人士定做棺材的公司。

让普通公司给一个身高 2.3 米的死者做棺材也许有些困难，但这些接受定制的公司可以量身打造最适合死者体形的棺材。多高、多长的都可以做，我目前想不到有哪种尺寸是他们做不了的。哦，对了，你还可以从网上下载图纸 DIY 一个棺材。怎么样，手痒了吗？

当然，埋葬高个子的话还有很多墓地方面的问题要考虑。假设我们的好哥们儿马努特想葬在传统型墓园——一排排墓碑整齐排列在精心修理过的草坪上——他生前就要和

管理方确认好坟坑的尺寸。墓园默认死者都是"正常体形"，因此坟坑的尺寸都是固定的。当有人下葬时，他们的棺材会被放入水泥建造的、用来确保棺材处于水平位置的墓穴里。墓穴的尺寸也是固定的"正常尺寸"。如果死者特别高大，就很可能放不进去，需要多购买一块或多块坟坑（墓穴也需要定做）。

这听上去很令人沮丧，但是别忘了，身高 2.3 米的人一生都在面临这种挑战，因为他们永远也无法符合传统意义上的"正常标准"和"普通尺寸"。他们费尽心思只为找到合脚的鞋、够长的花洒软管、够高的门框、合身的牛仔裤——可以说处处都是困难。超大号棺材和超大号坟坑只不过是他们人生中另外两个需要量身定做的事物。

为了不那么麻烦，他们也许会选择自然土葬，直接身披未经漂染的纯棉裹尸布埋进土里。对于他们而言，这应该是最轻松的殡葬方式了。墓园只需挖个稍微大点儿的坑，连棺材和墓穴都不需要！

那么，火化可以吗？根据我和其他同行在火葬场工作的经验，火化身材过高的人不成问题。现在大多数的火化炉都能装下 2.1 米左右的遗体。除非死者身高超过 2.7 米，不然不会影响火化炉正常运转。不过，理论上，如果真的要用现在的火化炉火化罗伯特·瓦德罗，也不是不可能。罗伯特是有记录以来最高的人，身高2.72米。不过他没有被火化，而是用定制的棺材下葬。据说他的棺材长达3米，重达800磅。

如果你身高超过2米，我建议你生前（而不是死后）就把棺材和坟坑的尺寸确定好。你可以教家人和朋友如何跟殡葬师沟通："告诉殡仪馆，我身高2.08米，体重415磅，让他们做好心理准备。"这样一来，万一有人找麻烦，你的家人和朋友就知道该如何维护遗体的权利了。

如果你找的殡葬师不知道如何处理高个子的遗体，而且也没听说过棺材可以定制，你最好打开他的风衣检查一下，看看他是不是摞在一起的8只吉娃娃[1]。殡葬师基本上能解决所有问题，而且总能找到不使用电锯锯腿的解决办法。

---

1 译者注：美国动画片里，经常出现几只小动物摞在一起并套着风衣模仿人类的桥段。

# 死人

## 也能献血吗？

---

血液与生命密切相关，把尸体内停止流动的血输入活人的体内，我想没有人会首选这种输血方式。但急需用血的人没权利挑肥拣瘦——使用尸体的血其实比你想象的要安全、有效得多。

1928 年，苏联外科医生 V.N. 夏莫夫开始研究尸体血液是否能让生命垂危的动物免于一死。他首先用狗做实验。与大多数的动物实验类似，他的实验更像是一场酷刑。

夏莫夫和研究小组移除了一只活狗体内 70% 以上的循环血流量。换句话说，他们取出了这只狗全身约 3/4 的血液，然后用温热的生理盐水稀释剩余的 1/4 血液，使失血总量（一个超酷的词，意思是血液流失）达到 90%，也就是致死量。

这只勇敢的实验犬没有白白牺牲。研究人员把它的血液输入一只几小时前被撞且濒临死亡的小狗体内，奄奄一息的小家伙竟然神奇地活了过来。后续实验显示，只要是在死后6个小时内取出的血液就可以用于输血。

从此以后，有关输血的实验逐渐从《电锯惊魂》转变为《科学怪人》。1930年，上述这支研究小组成功地完成了尸体血与人体实验，并在接下来的30年中快乐地用尸体血给活人输血。1961年，因协助病人实施"安乐死"而获得"死亡医生"称号的杰克·科沃基恩成了第一个进行尸体血与人体实验的美国医生。

这些实验说明死亡不像关灯那么简单。就算一个人死了，没有了呼吸和脑电波（详情可以回顾昏迷那一章），他也不会一下子变得毫无价值，就像夏莫夫医生所说："人死后的头几个小时内不应该被视为'（彻底的）死亡'。"用冰块保存的心脏可以在捐献者死后4个小时内移植，肝在10个小时内还可以移植，机能良好的肾可以坚持24个小时（如果从体内取出后保存得当，可以长达72个小时）——这段时间被称为"冷缺血时间"，可以理解为"五秒规则"的器官版。

只要死亡相对突然，死者健康状况良好，死后6个小时内取出的血都可以用，就像夏莫夫医生发现的那样。也就是说，尸体献血确实可行——当然，没有被药物或传染病污染的血液效果更好。当心脏停止跳动后，白细胞还能继续存活几天，因此无菌并且状态良好的尸体血完全可以用来献血。

既然尸体血可以输血，为什么没有人用呢？原因有几个。说实话，尸体献血是一次性的。医生们早就意识到，活人一年可以献血很多次（还有免费饼干吃），频繁到每隔 8 周就可以来一次，但是健康无病的尸体数量有限，不像活人，被献血车的宣传活动一招呼，就能让献血中心连续多年迎接回头客。

活人献血还能避免一些伦理问题，比如未经用血者同意就输入尸体血的情况。如果你从器官捐献者那里得到一对肺，那么肺的来源显而易见（肯定是从遗体身上取出来的）。但是，那些急需用血的病危患者已经丧失意识，在输血前没办法告知他们所输的血是从尸体脖子里流出来的。

你没有看错，的确是从脖子里流出来的。停止跳动的心脏无法泵出血液，就只能依靠重力作用来采血。最简单的方法是在尸体颈部打开一条大静脉，将头向下倾斜，让血流出来。殡仪馆的防腐师有一套更复杂的放血方法。他们会把防腐液注入尸体体内逼出血液，血就会顺着操作台流入下水口。每当我给献血中心打电话预约献血时，都会想到防腐师浪费的那些血。

尸体献血没有被广泛采纳的最显著的原因就是血来自尸体。真的很奇怪，尸体的各个部分不是一直都用于医疗吗？比如，我的一个朋友嘴里就有从尸体屁股上移植过来的组织。后来我发现不止他一人接受过这种治疗：由于磨牙或其他健康问题导致牙龈萎缩，可以通过植入人类尸体臀部的细胞来重建牙龈。这样看来，人们可以接受嘴里有尸体屁股上的东西，但不接受体内有尸体血液。

前一阵我联系了美国红十字会，想问问他们有关尸体献血的机构政策。写到这里的时候，我仍没有收到回复。

# 鸡死了可以吃，
# 人死了为什么不能吃呢？

————————————

我由衷地认为，不管你年龄多大，你都有提出"食人"这种硬核问题的权利。现在我们就来一起讨论吃人肉的话题——我先开动[1]（你的作者冲你眨了眨眼）啦！

有些人觉得这个答案显而易见："吃人肉难道不是一件可怕到令人发指的事情吗？！"先别这么快下结论，也许对你来说吃人肉很可憎，但历史上一直都存在"食人"的殡葬习俗。当家人、邻居或部落成员死去时，其他人就会把死者的遗体或骨灰吃掉（也可能两个都吃）。想象一下，在克洛伊姨妈的葬礼上，你们一家人围坐在篝火旁烤她的肉吃，好像这是再正常不过的一次家庭聚会。

撇开其他文化不谈，对于21世纪的发达国家而言，食

————————————

1　译者注："开动"原文是 dig in，有"挖地"的意思，这里是个隐晦的双关。

人是一个尤为大的社会禁忌。我们在道德上难以接受，认为只有连环杀人狂和"唐纳大队"[1]才会有这种疯狂举动。此外，还有一些更实际的原因：第一，人肉不好弄到手；第二，人肉没什么营养，吃了没啥好处。

我们先来看第一点。你想吃人肉的话，首先得有人为你死。就算这个人死于自然原因，你也不能因为看起来很好吃就把尸体纳为己有。

如果你真找了具尸体来吃，触犯了美国的哪条法律呢？一个神奇的真相：食人并不犯法。吃人肉不是犯罪，但占有尸体是（哪怕死者生前求你把他吃掉也不行）。你犯下的罪行就是——虐待尸体罪！吃尸体的肉属于亵渎和残害尸体，而且你还会被指控盗窃。偷人家尸体本来就不光彩，对不对？人家妈妈本来想把儿子好好安葬在祖坟里，结果发现少了条腿，真是要多惨有多惨。

换个角度考虑，假如把尸体切开吃掉不算虐待尸体，我们就可以吃人肉了吗？

还是不行。

---

1　译者注：指 1846 年年末到 1847 年年初受困在美国内华达山区度过寒冬的移民队伍。在恶劣的环境下，接近半数成员冻死或者饿死，部分生存者依靠食人存活下来。

两名研究人员分别在 1945 年和 1956 年研究了四具成年男子的尸体，结果显示男性平均提供 125 822 卡路里的蛋白质和脂肪，远远低于牛肉和野猪等其他红肉的营养含量。（你没看错，人肉属于红肉。）

　　不过，这个数字并不是让你在生死关头时选择饿死。1972 年，佩德罗·阿尔格塔乘坐的飞机坠毁在安第斯山脉。一些乘客没能活下来，饥饿的佩德罗只好吃掉他们的手、大腿和手臂来维持生命。人肉虽然不怎么理想，但是他被困在山上长达 71 天，别无选择。后来，他说："我总会在包里放一只手或其他什么东西，饿了就吃。嘴里有东西吃，才感觉自己有活下去的希望。"在这种极端情况下，佩德罗顾不上考虑人肉的卡路里和蛋白质含量有多高，为了活下去，他什么都可以吃。

　　有证据显示，人类从不把人肉作为获取营养的首选。英国布莱顿大学的一名人类学家发现，尼安德特人、直立人等早期人类具有食人倾向，但吃人只是为了进行仪式，而不是为了获取营养。因为和其他肉类相比（一头猛犸象能提供 360 万卡路里），人肉热量太低，而且一半都来自脂肪。没想到吧，吃人肉竟然有害身体健康！我们竟然每天都在和"垃圾食品"打交道。

　　说到人肉的优缺点，就不能不提疾病。你肯定在想：

"凯特琳，你不是说过好几百遍尸体很安全，不会让人得病？你现在说的和之前不一样啊！"

尸体确实很安全。导致死亡的疾病不会从死者遗体转移到你身上，也不会让你染上其他疾病，包括肺结核和疟疾在内的大多数疾病的病原体不会在尸体上存活太久，但这并不等于尸体可以吃。

我先从你提到的鸡肉说起。假设你生活在农场，某个炎热的夏日清晨，你来到鸡圈喂鸡，发现有只大胖母鸡死了。从外观上来看，尸体还没有腐烂，但已有发胀的迹象，周围还有很多苍蝇在飞——天哪，我好像看见蛆了！

现在让我问问你：你饿吗？估计不饿。

发达国家的人不喜欢长了蛆的、看起来不健康的腐肉。（也有例外，有些文化把腐肉当作美食。我最喜欢的例子就是"哈卡尔"，又称冰岛干鲨，为冰岛最受欢迎的菜肴之一。冰岛人把鲨鱼肉挂起来风干数月，直到散发出发酵后的腐烂臭味。）

供人类食用的普通肉类（比如超市里的鸡肉和牛肉）都是经过专门处理的。动物被屠宰后会被立即清洗并放入冰箱或腌制棚中，避免因细菌生长和自溶导致分解、变色、出现异味等情况。超市和肉店出售的鸡肉、牛肉、猪肉都不属于来源不明的肉类。美国大约有诸多条法律禁止向公众出售在公路上被车撞死的动物。

人类吃不了腐肉（或者说病肉），我们都喜欢新鲜、健康的肉，但很少有健康、结实、适合做成烧烤的人突然死掉。大多数死人都有健康问题，轻则影响食欲，重则有害身体。这和吃动物肉不一样。即使你吃掉的动物生前患有某种疾病，大多数疾病都不是人畜共患的。也就是说，人类不会因为吃了动物就染上动物疾病（埃博拉是极其罕见的例外之一）。

但吃人肉的话，很有可能会染上血液携带的病毒，比如乙肝病毒和HIV。也就是说，如果死者生前患有此类疾病，你会因为吃了他的肉而感染。

"我觉得这不是问题，把人肉做熟不就好了！"你也许会这么说。

我劝你再想想。

人体内存在一种被称为"朊病毒"的异常蛋白质。这些已经失去形状和功能的蛋白质会感染其他正常的蛋白质。与病毒不同，朊病毒没有DNA或RNA，因此不会被高温和辐射杀死，它们就是一群顽强的小浑蛋，喜欢在大脑和脊柱中游荡，引发病变和混乱。

一说到朊病毒，科学家们首先就会想到巴布亚新几内亚的福尔人。早在20世纪50年代，人类学家就记载了一种叫作"库鲁"（kuru）的神经系统疾病，很多福尔人都死于这种病。"库鲁"由大脑中的一种朊病毒引起；由于福尔人有食用死者大脑的殡葬习俗，该病便在部落中大肆传播。感染者患有肌肉痉挛和痴呆，无法控制哭笑。最后他们的大脑已是千疮百孔，很快就死了。

每当有部落成员死亡，其他人就会因为吃掉了死者那个充满朊病毒的大脑而感染此病。病毒有时会在感染者体内休眠长达50年。直到20世纪中叶福尔人不再食用大脑后，"库鲁"病才开始减少。

我再强调一次：照料因"库鲁"病而死的尸体不会让人染上这种病，但吃掉染病的尸体会。

综上所述，为了回答"为什么不能吃人肉？"这个问题，我给出了虐待尸体罪、营养价值低、易患传染类疾病等几个强有力的理由。

# 如果尸体太多，
## 墓地不够用了怎么办？

———————————

　　如果尸体数量多到让你抓狂，首先可以考虑扩大墓地的规模，也就是现有墓地的面积（这样就能挖更多的墓穴），或者在附近开发一块新墓地。

　　你也许会说："但这是个人口超多的大城市，不可能专门给死人腾出几块绿地！"

　　好吧，那……向上扩大如何？对，我说的就是垂直墓地。城市人层层叠叠地生活在摩天大楼和高层住宅楼里，死后却要分散地埋在成百上千英亩的绿地下方？一名垂直墓地设计师说过："既然我们生前过的是楼上楼下的生活，死后也可以继续这种方式。"他说得太对了。

　　以色列雅肯公墓正在修建可容纳 25 万座坟墓的高塔。为了符合犹太教传统，每一座坟墓都填有泥土，以确保遗体"入土而葬"。目前最高的垂直墓地是巴西的"普世纪念

公墓",共有32层,除坟墓以外还有餐厅、音乐厅和饲养着热带鸟类的花园。我在日本东京也参观过一栋安置骨灰盒的多层结构墓地(机械手臂会寻找并取出相应的骨灰盒送到告别室)。这栋墓地看起来和普通的办公楼无异,就位于地铁口旁边,完美地融入了周边景观。除此以外,巴黎、墨西哥城、孟买等城市都在计划修建垂直墓地。

你可以这样理解:即使是一块平行延伸的传统墓地,在上面修建了一座陵墓后,也变成了垂直墓地。陵墓是竖立在墓地中间的矮胖型建筑,尸体安置在被称为"墓室"的墙壁空间中。如果每个尸体都单独埋在一个坟墓里,墓地很快就会没地方。陵墓这种设计可以把单独的一块坟墓空间分割成上下排列的3到4个墓室。很多墓地都在推广陵墓业务,根据层高不同把墓室分为"心脏层""天空层"等类别。挨着地面的那层叫作"祈祷层",因为你能直接跪在遗体面前祈祷(叫"地面层"的话估计卖不出去)。

不想把墓地往高处扩建的话,另一个解决办法就是循环利用现有墓地。如果你认为祖父的坟墓应该永远属于祖父,这个方法就不太适合你了。在德国和比利时,公墓是有使用期限的,从15年到30年不等,具体取决于城市。当期限到了,家属可以缴纳租金续约。如果无法续约或不愿意继续交钱,死者就会被埋入更深的墓穴(给"新人"腾地方),或者迁移至集体坟墓（会认识许多"新朋友"）。在这些国家，坟墓只能租，不能拥有。

为什么美国跟这些国家不一样？为什么我们会认为公墓管理方能永永远远照顾我们的坟墓，还给他们支付一笔名为"永久护理费"的费用？这是因为美国太大了。从19世纪开始，墓地从拥挤（臭烘烘）的都市迁移至地广人稀的乡村，还作为野餐、诗歌朗读会、马车竞赛等活动的场地。墓地是人们社会交往的一部分，看得见摸得着，人们便觉得乡村是一片广阔的土地，永远都有埋葬死者的地方，每人都能拥有一座坟！

现实并非如此。21世纪，美国每年平均死亡2 712 630人，差不多每小时有300人死亡。或者说，每分钟就有6人死亡。在这些惊人的数字面前，人们仍然没有意识到墓地的容量危机，依旧认为美国有的是地方进行土葬。现在城市周边的土葬空间越来越少，想和心爱之人合葬也越来越难。因此，纽约这种大都市比北达科他州更迫切地想要解决这些问题。

很多国家都抱怨土葬用地太少——他们没说谎，是真的不够用。人口密度排名世界第三的新加坡就是典型。新加坡每平方英里的人口数量超过 1.8 万人，是每 —— 平方 —— 英里 ——1.8 万人。美国每平方英里只有 92 人。抱歉，美国人，当新加坡人愤愤地表示"我们没地方埋葬死人"时，他们是认真的。新加坡蔡厝港公墓是全国唯一一个仍在接收土葬的公墓。新加坡国土面积太小，根本没有多余的地方用来建造墓地。1998 年，新加坡政府立法规定土葬期限为 15 年。15 年到期后，遗体就要被挖出来火化，骨灰安置在"骨灰墙"（类似于陵墓，但只能用来存放骨灰）。

如果你不想土葬，火化和碱性水解（就是之前提到的"水化"）也是两个理想选择。最后，你会得到一堆 4 ~ 6 磅重的骨灰，可以撒在地面上，也可以埋进土里。如果你还是想土葬，最好学习其他国家的做法 —— 我听到你倒吸了一口气 —— 让坟墓循环利用。祖母分解完毕后，她的白骨是时候给新一代的尸体"让位"了。不知道有没有人用过类似的表达，我很好奇。

# 人真的会
# 在临死前看到一道白光吗？

———————————————

有人说是真的。这道白光像是一个隧道，能把人带到天堂与天使相见。感谢你的提问！

实话实说，我无法解释为什么有人会在弥留之际见到白光，而且我也不觉得真有谁能给出一个完美解释。在宗教人士看来，这道光是通向来世的超自然入口，而对于科学家而言，这不过是大脑缺氧造成的幻觉。

但可以肯定的是，这个奇特的现象确实存在。很多不同宗教信仰和不同文化背景的人都说自己见到过，不像是胡编乱造的。生命垂危最后又活过来的人都有一些相似的奇特经历，科学家将其称为"濒临死亡的体验"，简称"濒死体验"。听上去有些吓人，但很多人都经历过。大约3%的美国人声称自己有过这种体验。而在一项针对老年住院病人的研究中，这个数字高达18%。

注意，每个人的"濒死体验"都不太一样。并非每个人都会行走在耀眼的"白光隧道"中，看着一幕幕温馨（儿时宠物）而又尴尬（求职面试）的人生片段从眼前飘过。有研究发现，大约一半有过"濒死体验"的人能够在那一刻清楚地意识到自己死了（说不上好坏，这取决于对死亡的态度）；每四个人里有一人感到"灵魂出窍"，每三个人里有一人行走在白光中。而坏消息是：我们认为"濒死体验"是正向的极乐体验，但这种想法只对了一半——"濒死体验"也有可能让你吓破胆。

一些学者认为，人类历史上很多文化都存在"濒死体验"这个概念。古埃及、古中国和中世纪欧洲（以及其他文化）都记载过与"濒死体验"极其相似的宗教体验。这就引发了一个类似于"鸡生蛋还是蛋生鸡"的难题："濒死体验"是不是一种全世界共有的宗教体验？还是说，宗教体验其实是人类大脑活动、基础神经科学和生物学的综合产物？

"濒死体验"里的情节或者设定（哪个词都行，看你喜好），与体验者所处的社会有关。比如，美国基督徒会见到天使站在"白光隧道"中迎接他，印度教徒见到的则是死神的使者。牛津大学学者格里高利·舒珊记录过许多"濒死体验"，每个"濒死体验"的情节和人物都来自体验者的文化背景——有人见过半人马模样的耶稣驾驶战车来迎接他；还有人说自己的心脏在体外跳动，上面长着主教帽子形状的毛发。

更让科学家犯难的是，人不一定非得濒临死亡才能拥有"濒死体验"。弗吉尼亚大学的研究人员发现，半数以上有过"濒死体验"的患者都不是在病危时经历了此事。这样看来，死亡离他们还有点儿距离，算不上"濒死"。

现在我们看看"濒死体验"有哪些可能的科学解释。如果你是脑科医生，那你很可能会用一些高大上的复杂词汇来解释这个现象，比如"身体多感官整合性障碍"，还有"内啡肽分泌过多""血液里的二氧化碳含量超标""颞叶活动增加"等。

那么，有没有简单点儿的解释呢？我们不妨先了解一下有过"濒死体验"的另一组人群：战斗机飞行员。高速飞行会导致一种叫作"低血压性晕厥"的症状，通常发生在大脑缺乏足够血液和氧气的情况下。出现这种症状时，飞行员的视线范围就会改变，通常从边缘处开始变窄，产生眼前仿佛有一道明亮隧道似的视觉效果。听起来耳熟吗？

科学家认为看到"白光隧道"的原因是视网膜缺血，也就是眼球血液不足。眼部血液越少，视力就越弱。人在极端恐惧时也会发生视网膜缺血，而"恐惧"与"缺氧"正是垂死之人的状态。看到这里，是不是觉得"濒临死亡"中的白光现象能说得通了？

　　如果你有宗教信仰，你会认为白光是神（们）创造出来的神迹。但是，科学家（包括有信仰的科学家）相信大脑本身也会制造出这种魔幻场景，相信人的临终所见是由生物学原理决定的。虽然我不怎么信教，但我百分之百愿意在死掉时让半人马模样的耶稣驾着战车来接我！

# 为什么
## 虫子不吃人的骨头？

———————————

这是一个美好的夏日，你正在公园里吃午餐。你咬了一口炸鸡翅，品尝着酥脆的外皮和鲜嫩多汁的鸡肉。接下来，你是不是就该像《杰克与豌豆》里的巨人似的，把骨头咬碎吃掉？应该不会。

你自己都不愿意吃其他动物的骨头，凭什么认为虫子就该把你的骨头吃掉呢？人类对食腐动物的要求太高了。食腐动物是自然界未被歌颂的英雄——它们吃死尸，用死亡和腐肉滋养自己——愿上帝保佑它们！可以想象一下，若是没有这些"食死徒"的帮助，这个世界会变成什么样子呢？怕是会尸横遍野。比如公路上那些被车撞死的动物，要是食腐动物不把它们吃掉，它们就会一直躺在那儿。

就是因为食腐动物太能干，我们才会觉得它们应该是万能的。就像你对打扫自己的房间很在行，结果你妈妈就认为你的房间每时每刻都应该一尘不染。建议你不要有过高期待，因为最后吃亏的只有自己。

食腐动物种类很多，比如从空中俯冲至公路抓走动物尸体的秃鹫，10英里开外就能闻到尸体气味的丽蝇，喜欢吃干燥肌肉的腐尸甲虫，等等。人类尸体是一片生态乐园，为不少生灵提供了家园和食物。死神的餐桌上可是有不少空位的。

还记得皮蠹甲虫吗？就是能把你爸妈头骨上的腐肉全都吃掉的虫子。它们只吃肉，不碰骨头。我就直说了吧：我们这行的确希望它们不吃骨头。因为其他剔除腐肉的方法（比如腐蚀性化学品）不仅会损坏骨头本身，还会破坏有助于刑侦调查的法医学证据，例如骨头上的伤痕。这时就需要成千上万只皮蠹甲虫来支援。另外，人家虽然不吃骨头，但是尸体上的皮肤、毛发和羽毛可都是能吃的哦！

回到你问题当中的"为什么"，答案很简单，因为骨头吃起来太费劲，而且没什么营养。骨头大部分的组成物质是钙，而昆虫并不需要钙。因为不需要，所以像皮蠹甲虫这种昆虫就没有进化出食用骨头的习惯和需求。它们和你一样，都对吃骨头不感兴趣。

现在反转来了："不需要吃"不等于"不能吃"，因为有付出就有回报。骨头再不好下嘴，但好歹也能当顿饭。马里兰大学农业教育学者彼得·考菲告诉我，他用白腹皮蠹甲虫给一只小羊羔尸体清理腐肉时，获得了证明此结论的一手材料。成年羊的骨头非常坚硬，"但是羊胎儿和新生儿的体内存在一些还没完全骨化的部分"。当甲虫吃完肉后，他把羊骨拿出来一看，"发现上面有一些圆形的小洞，和成年幼虫的直径一样大"。原来皮蠹甲虫会去吃密度小、硬度也小的骨头（比如还没出生就死了的羊胎儿）。"不过，它们只有在环境条件良好但食物匮乏的情况下才去吃，所以人们很少见到有昆虫吃骨头。"彼得补充道。

总而言之，皮蠹甲虫和其他食腐昆虫平时不吃骨头，但饿极了也会吃。人类也是如此。16 世纪末期巴黎被包围时，全城的人都在挨饿。人们发现连猫、狗和老鼠都被吃光了之后，就开始去墓地挖尸体。他们从尸体体内取出骨头磨成面粉状的粉末，做成一种后来名为"蒙庞西埃夫人"的面包。祝你们有个好胃口（这么说其实不太合适，毕竟很多人吃掉这种骨头做的面包后都死掉了）！

看起来好像没有生物天生喜欢吃骨头，等等，我还没有跟你们介绍"食骨蠕虫"（Osedax），也就是"食骨虫"（这不是我乱起的，人家名字里本身就带"食骨"这个词；osedax 是拉丁语，意思是"食骨者"）。食骨虫幼虫个头很小，潜伏在漆黑广阔的海洋深处。当一头巨大的动物尸体（例如鲸和海象）出现在这片海域时，它们就会吸附到尸体上大快朵颐。公平地说，食骨虫也不吃骨头里的矿物质，而是钻进骨头深处，寻找胶原蛋白和脂质。等到尸体上再没东西可吃时，食骨虫就会死去。死前它们会产下大量幼虫，这些新生命将继续在海洋深处等待动物尸体的降临。

食骨虫不挑食，不管你扔给它们的是你家奶牛的骨头还是人的骨头（别干蠢事），它们都吃。有确凿的证据表明，食骨虫在恐龙时代就已经以巨型海洋动物为食了。也就是说，这些吃鲸的家伙比鲸本身还古老，算得上自然界食腐动物的活化石。食骨虫长得还很好看，橘红色的管状身体密密麻麻地覆盖在鲸的尸体上，像是一大块粗毛地毯。更让人震惊的是，直到 2002 年科学家才知晓它们的存在。谁知道世界上还有哪些不明生物在等着吃人骨呢？

# 地面冻得太硬，
## 没法挖坟怎么办？

---

　　我在夏威夷长大，那里的冬天不怎么冷。现在我在加州经营殡仪馆，这里的冬天也挺暖和的……这样看来，我没啥资格回答这个问题。我从没用手提地钻机在冰封的地面上打过洞，我殡仪馆的客人也没同严寒打过交道——土葬葬礼一结束，他们就跑回车里吹空调了。

　　但像加拿大和挪威这种一到冬天就寒冷彻骨的地方呢？那里的土地冻得邦邦硬，就和尸体身上的尸僵似的，坚硬无比。想要凿开这种土地挖坟可不容易，因此人类历史上很少有人这么做。

　　19世纪时的美国，在严寒冬日死去的人只能等到来年春天下葬。春天到来之前，尸体会被安置在"临时接收点"。"临时接收点"位于户外，外观与普通坟墓无异，所有死于冬天的人都会放在里面。极低的室外温度让这个"公共坟

墓"成了一个天然冰箱。

一些普通建筑也能用来在冬天储存尸体。这种建筑有一个非常直白的名字——死人房，有时也叫作"死亡之家"或者"尸体房"，常见于欧洲、中东、美国部分地区和加拿大。19 世纪和 20 世纪时（最早能追溯至 17 世纪），人们会把尸体安置在死人房里过冬。

虽然我擅长在温暖的天气里埋死人，但我碰巧认识一个专门研究死人房的人类学家——罗宾·莱茜。"有些死人房保留到了现在，"她告诉我，"而且仍在使用！"事实上，你在墓地里溜达时就可能路过了死人房，那是一个简单朴素的木质（有时候是砖）小屋，常常被人误认为是工具棚。

很长一段时间，冬季送葬队伍的终点不是墓地，而是死人房。一般情况下，家属会直接来到墓地埋葬死者；但如果地面冻得太硬，尸体就只能先待在"旅途中转站"，等到来年春天土地解冻后再下葬。

有些地区会放弃土葬。比如中国的西藏山区多是石头地和冻土，不适合土葬，而且树木较少，也没法实施火化，当地人便采用了另一种沿用至今的殡葬方式——天葬，即把尸体放在开阔的空地上让秃鹫吃掉。在你死后，你的猫也许不会吃掉你，但秃鹫会。

在今天的美国，如果土地冻得太硬，尸体要怎么处理呢？感谢科技的进步，死人房已经被淘汰了（但这不影响我用"死人房"作为我的殡仪馆的昵称）。

不管土地冻得有多硬，美国绝大部分墓地都有能力实施土葬，哪怕在冬季极度寒冷的地区也是如此。有些地方是有法律规定的，比如威斯康星州和纽约州就会限制墓地在天气转暖前存放尸体。不管温度是不是在零摄氏度以下，他们都要求墓地在一段合理期限内埋葬尸体。

但是在偏远地区，一些墓地没有足够人手和工具进行冻土作业，有时甚至连铲雪车都没有（没有铲雪车铲除道路上的积雪，尸体就没法运到墓地）。这种情况下，他们只好采用比较老派的做法——把尸体储藏在殡仪馆或墓地的冷冻柜里，等待春天来临。

使用冷冻柜有利有弊：缺点是，尸体会在漫长的冬季里堆在一起（不是说尸体会聚在一起，而是在冰柜里越积越多的意思），而且储藏得时间越久，费用就越高；优点是，与"临时接收点"和死人房不一样，冷冻柜里不会变暖，可以避免尸体发臭（给尸体防腐也可以减缓储存期间的腐烂速度）。

如果墓地管理方决定（或迫于法律规定）在冻土上修坟，一般有两种操作方式：一是凿开或融化冻土；二是两者结合。

破土需要施工专用的地钻机，但整个过程较慢，6个小时才能打4英尺深。另一种选择是用装有"破冰齿"的反铲挖掘机。"破冰齿"是附在挖掘机机铲两侧的金属手臂，长达几英尺，活像一对大尖牙。整个机器就是一个造型恐怖的金属吸血鬼，仿佛在说"我要咬穿你的坟墓！"作业时，"破冰齿"先把泥土凿碎，这样机铲就能挖出冻土。

有些公墓不会直接挖开冻土，而是先尝试解冻。有几种方法可选，比如在要挖掘的地方铺上加热毯（非常可爱的方法）或者一层点燃的木炭，也可以用超大尺寸的金属罩扣在墓穴上方，内部用丙烷进行加热。不过这种装置看起来像是墓地中央有个巨大的烤肉架——可能会造成公关危机，但必须做该做的事。

挖开冻土前先解冻的唯一缺点就是要等。整个过程在12～18个小时，有时甚至长达24个小时。但是这也比等待整个冬天过去强，对不对？

不用担心你的祖父碰巧赶上土地冻住时下葬。虽然所需时间比平常要久，老人家也得在冷冻柜里待上一阵儿，但他还是会顺利入土。不过呢，既然需要冻土作业和冰柜储存，你也应该猜到了，要为此支付额外费用。尸体冷冻也没有免费这一说哦！

# 你能描述
## 一下死尸的味道吗？

这个嘛，先告诉我你说的"死尸"是指什么样的？

如果一个人刚刚去世，他的味道基本和生前一样。如果他是在洗完澡、喷完香水后立刻死掉的，他闻起来就是沐浴液和香水的味道。如果他久病未愈，死在了医院发霉的病房里，他身上应该就是发霉病房的味道。

人死后前一个小时里，尸体不会肿胀、变绿，更不会爬满蛆虫。别跟我说外面的天气有多热或有多潮湿，这又不是在拍恐怖电影，时间线上也说不通。我们殡仪馆经常会碰到想把老妈的遗体放在家却又担心尸体"发臭"的客人。这时我们就会解释，尸体短时间内不会生蛆，但如果在家的时间超过 24 个小时，就需要用冰袋给尸体降温。

尸体不会立即变臭是因为经典的"腐臭之味"只有在尸体腐烂时才出现，而人死后好几天才会开始腐烂。还记得吗？人死亡的那一刻，肠道里的细菌不仅没有死，还饿得发慌——就像是得了"饿怒症"一般，迫切地想要把尸体分解成有机养料，带来别样的人生意义。

除了肠道细菌，尸体里还充满了其他生命，宛如一个完整的微生物生态系统。当细菌吞噬并分解尸体时，微生物会释放出由 VOC（volatile organic compound，挥发性有机化合物）组成的气体。气体中的臭味主要来自含硫化合物（如果你曾经感受过味道浓郁的臭鸡蛋味的屁，你就知道是哪种味道了），而硫黄是许多臭味的罪魁祸首。

接受过特别训练的搜尸犬在树林中搜寻尸体时，其实就是在寻找 VOC。VOC 的气味还会招来用嗅觉感受器捕捉尸体味道的丽蝇。腐烂的"甜美"气味（拉丁语就是 odor morits）告诉这些小飞虫，不远处有一具开膛破肚的尸体可以让它们在创口上产卵，过不了多久幼虫（蛆）会爬得到处都是。恭喜丽蝇妈妈找到了完美的产卵地点。

形成尸臭味的化学物中当数尸胺和腐胺（是以"尸体"和"腐烂"命名的，非常恰当）最著名。科学家相信两者的味道起到了"尸体荷尔蒙"的作用，让动物受到或躲避尸体的吸引。对搜尸犬和丽蝇来说，这种气味告诉它们想找的尸体就在这里；对食腐动物（吃其他动物尸体的动物）来说，这个味道意味着一顿美味的午餐；而对无聊的人类（比如一个殡葬师）来说，这种气味是在告诉他该出去呼吸新鲜空气了。

大部分运到殡仪馆的尸体都还没开始腐烂，因为从发现尸体到送达殡仪馆所用的时间较短。为了避免尸体烂在殡仪馆里，我们会直接把尸体放进冷藏间储存以减缓腐烂速度。但这并不意味着我们没接收过"腐烂尸"——殡葬业人士对死后几天甚至几周才被发现的尸体的统称。

闻过腐尸气味的人都对这个味道难以忘怀。我对殡葬师和尸检人员做过一次非正式的调查，让他们描述一下这股难忘的气味。我收到的回答包括"类似被撞死的动物，但味道更猛、更冲""闻起来像烂蔬菜，类似于芽甘蓝或花椰菜泡烂之后的味道""被你遗忘在冰箱里的烂牛肉味儿"等，有些人还给出了"烂鸡蛋""甘草糖""垃圾桶""下水道"等具象的形容。

你想知道我的回答吗？如果让我来描述腐烂人体的气味——我需要诗歌赋予灵感！我会说这是令人作呕的甜味和极度刺鼻的腐臭味混合在一起的味道。你可以试试把祖母最爱的那款浓香型香水喷洒在腐烂的臭鱼上，再把鱼密封在塑料袋里放到烈日下晒上几天，然后打开袋子深吸一口气就明白了。

虽然形容腐尸气味的方式有很多，但是我们必须承认人类腐烂的气味很独特。虽然我们的鼻子分辨不出来，但科学家发现人类拥有"独特的化学鸡尾酒"，即人类独有的"死亡香气"。让尸体产生臭味的众多化合物中，有8种造就了我们人类特有的尸臭。嗯……其实也不能百分之百说是"我们人类特有"，因为猪也有这8种化合物。（你们这些猪，这种好事就不能让我们人类独享吗？）

有意思的是，由于尸体保存和防腐技术，以前的人类已经习惯了与糟糕的腐尸味打交道。我的老朋友琳赛·菲兹哈里斯是研究19世纪解剖室的专家。你觉得我们殡仪馆冷藏间的味道难闻？天哪，你应该庆幸自己没去过200年前的解剖室：为了了解人体秘密而解剖尸体的医学生形容自己身处"臭气熏天的尸体"和"腐烂的恶臭"中。更可怕的是，用来解剖的尸体像木头似的堆在没有制冷设备的房间中。尸体管理员看到老鼠"在角落里啃带血的脊椎骨"，成群结队的鸟儿进来"争夺残羹剩饭"，而年轻的学生们就睡在这个房间的隔壁。

19世纪中期，一位名叫伊格纳兹·菲利普的医生注意到，由助产士接生的妇女比由实习医生接生的妇女产后状态要好得多。考虑到实习医生会接触和解剖尸体，菲利普医生由此推断伸进过尸体的手绝不能直接伸进产妇身体里，于是命令手下医生解剖尸体后必须先洗手才能去给产妇接生。他成功了！在实行这项规定的头几个月，产妇的感染率从10%下降到了1%。然而，他的这一发现遭到当时很多医疗机构的否定。为什么让医生洗手就这么难呢？原因之一就是医生手上的"医疗恶臭"是威望的象征，他们称之为"美好的医院臭气"。这很好理解吧？腐尸的味道是他们的荣誉勋章，才不会被轻易洗掉呢！

# 如果士兵死在离家很远的战场上，别人找不到他们的尸体怎么办？

本书不仅包括一些能反映时代特色的问题，例如"飞机上有人死了怎么办？""宇航员的尸体在太空中会怎样？"，也收录了已经存在几千年的"老大难"问题，比如我现在要回答的这个。

19世纪以前，人们很少长途运送阵亡士兵，尤其是在伤亡人数高达上千人的情况下。如果你只是一个小角色，比如一个被长矛、利剑或弓箭刺死的前线步兵，你直接就会被抛弃。如果你足够幸运，也许会有人给你举行体面的集体土葬或火葬，不至于让你烂在战场上。能够魂归故里的一般只有那些上流人士：将军、国王和知名勇士。

就拿英国名将霍雷肖·纳尔逊来说吧。他在拿破仑战争中被法国狙击手击中，死在了自己的战舰上，虽然最终他的舰队取得了胜利（恭喜！），可惜将领已英勇殉职，需要把尸体带回故土英国下葬。为了确保尸体在旅途中不会腐烂，船员把纳尔逊塞入装有白兰地和"生命之水"（其实就是高浓度酒精，是不是很讽刺？）的酒桶。舰队航行了一个月才回到英国，在此期间，尸体释放出的气体在酒桶里越积越多，把桶盖都顶开了，差点儿把值班的士兵吓死。

从此以后，有传闻说船上的水手会把通心粉当作吸管，轮流偷喝这款"防腐酒"，然后把其他酒倒入桶里掩饰罪行。我自己可不会去喝泡过尸体的酒，但那个年代的英国士兵为了有酒喝，什么极端的事都干得出来。

纵观西方历史，大部分战争中的士兵都是雇佣兵和被迫参战的人。如果赢了，他们的胜利就归功于国王或伟大的将领。到了 20 世纪初，美国人开始把普通士兵的尸体运回家，并将此视作一种"人道"举措。威廉·麦金莱[1]总统甚至组建了专门的行动小组，把在与西班牙交战中死在古巴和波多黎各战场的士兵带回国。

但这并不意味着取回尸体的过程一帆风顺——问题多了去了。第一次世界大战后，美国的态度是："好吧，法国，我们要去你们那儿把所有美国士兵的尸体从坟里挖出来，回

---

1　译者注：第 25 任美国总统，领导美国在美西战争中击败西班牙，1901 年遇刺身亡。

头见啦。"而那时法国正在努力重建，不想被浩大的挖坟工程打乱进度。许多失去儿子和丈夫的美国人也不想让阵亡的家人被打扰。西奥多·罗斯福[1]也希望自己儿子（一名空军飞行员）的遗骸留在德国，说："我们知道许多好心人有不同的想法，但我们已经饱受死亡带来的痛苦，搬走灵魂早已逃离的躯体则是痛上加痛。"

最后，美国政府向每个家庭发送了一份调查，让他们选择遗体的处理方式。结果显示，有4.6万名士兵的家人选择将其遗体运回美国，还有3万名士兵的家人选择让他们的遗体埋葬在欧洲的军人墓地。荷兰和比利时的许多家庭都自愿照料两次世界大战中美国士兵的坟墓，这个暖心举动一直持续到了一个多世纪后的今天——时至今日，仍有人前来扫墓和献花（当你懒得在奶奶生日那天去给她扫墓时，想想别人是怎么做的）。

然而，正如你所问的问题，并不是每具完整、可辨认的士兵遗体都能回家。目前仍有7.3万具"二战"美国军人的尸体下落不明。1953年朝鲜战争结束后，仍有7000多名美国军人遗体处于失踪状态。这些尸体中的绝大多数可能仍在朝鲜——怎么说呢，考虑到目前的局势，举行谈判的话会很

---

1 译者注：威廉·麦金莱的下一任美国总统。

敏感。

自 2016 年以来，美国负责追踪和确认失踪尸体与遗骸的机构一直是国防部战俘与战争失踪人员核查局。该机构的研究人员依靠目击者、历史记录、法医以及任何能帮助他们缩小所在地理区域范围的信息来追踪尸体。如果他们认为某个地点是尸体所在地，该机构会派出一个回收小组进行科学侦查和回收工作。听起来还挺厉害的（国际尸体之谜！），但其实和我们在殡仪馆的工作类似，真正需要做的不外乎获得各种许可，与当地政府和家庭搞好关系，确保事情顺利进行。

如果明天就有士兵死去，他的尸体该怎么处理呢？就用美国军队举例吧。美国是军事大国（暂且不论好坏），士兵不在美国本土打仗，只在海外战场进行战斗并葬身异乡。如果你是个和平主义者，反对美国目前的军事政策，反对一切战争，你就会理解阵亡士兵的家属希望军方把遗体带回国的请求 —— 哪怕不回国，只是体面地让死者下葬或火化也好。

过去，所有在阿富汗战争和伊拉克战争中阵亡的美国军人，他们的遗体都由特拉华州多佛空军基地的多佛港太平间处理。该机构由美国空军管理，是世界上规模最大的太平间，每天能处理 100 具尸体，还配有能容纳 1000 多具尸体的冷藏间。由于实力惊人，琼斯镇集体自杀事件、贝鲁特军营爆炸案、"挑战者"号和"哥伦比亚"号灾难、"9·11"五角大楼遇袭等事故中遇难者的遗体都率先送往该机构处理。

士兵遗体抵达多佛港太平间后，首先由爆炸物处理室进行检测，确保遗体身上没有藏匿炸弹。之后进行全身 X 光检查、FBI 指纹鉴别和 DNA 检验（用来与军人入伍时提供的血样匹配），从而正式确认死者身份。

太平间殡仪员的首要任务是把遗体处理成能够举办告别仪式的状态——大约 85% 的死者家属都会举行告别仪式，进行遗体瞻仰。有些士兵死前遭遇了诸如炸弹这样的惨烈袭击，没剩下多少残骸。殡仪员先用纱布把仅剩的遗骸裹起来放入塑料袋密封，再裹上一层白布和一层绿色毛毯，最后把整套军装固定在最外层。收到残缺遗体的家属可以选择未来是否接收死者的其余残骸（如果被找到）。

遗体抵达和离开多佛港太平间的流程仪式感十足，井然有序，特别有军方风格。太平间储备了各级军衔的制服，上衣、长裤、袖条、国旗、徽章、绳结，要什么有什么。每当运输遗体回家时，军方都会指派一名士兵随行。遗体登机时、换乘时，该名士兵需敬礼致意。棺材上国旗的盖法也很有讲究。究竟什么才是最正统的盖法，殡仪员们在网上几乎吵翻了天（正确做法是用国旗上的星星部分盖住死者的左肩）。

每具运送到我们殡仪馆的尸体我都很了解：我知道他是怎么死的，生前靠什么谋生，有时连他母亲的娘家姓都知道。因为在大多数殡仪馆，填写死亡证明和给遗体美容的是同一个殡葬师。多佛港太平间却不是这样。他们的工作人员分成了两组，一组负责管理死者的私人物品和身份信息，另一组负责处理尸体，为的是不让工作人员对某一名死者过于熟悉。这种做法虽说看上去不近人情，但根据《星条旗报》的报道，2010 年"1/5 前往阿富汗或伊拉克的殡葬事务专家出现了创伤后应激障碍"。为了应对战争创伤，确实有必要采取这种略显官僚的分离职能的做法。

# 我能和我的
# 仓鼠埋在一起吗？

我明白，你非常爱你的宠物仓鼠。这份爱是对的，因为你的仓鼠应该比你认识的大部分人类都更风趣、更健谈。要我说，人类有时很可恶。

想妥善安葬仓鼠的人不止你一个。人类自古以来就希望自家宠物能享受到体面的葬礼。1914 年，几个工人在德国波恩附近挖出一处距今 14000 多年的古墓，里面有两具人类尸体（一男一女）和两具犬尸，其中一具是严重感染犬瘟的小奶狗。有证据表明，小狗临终之前得到了人类的照顾 —— 考虑到犬瘟，它的主人应该做过保暖、清理腹泻物和呕吐物之类的事情。我们不知道为什么两只狗最后会和主人埋在一起。也许是象征性地让它们给死去的主人做伴，或者只是因为主人太爱它们了。（你会给自己讨厌的人或动物清理腹泻物和呕吐物吗？）

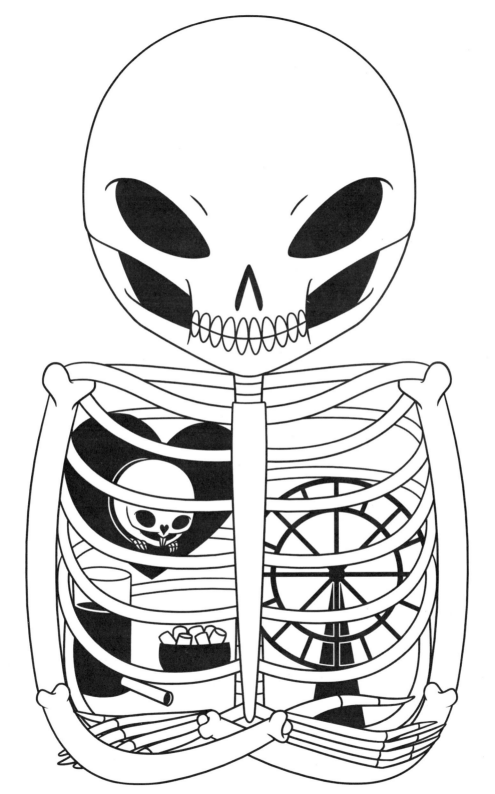

大家都知道古埃及有木乃伊，却不知道他们还有精致的动物木乃伊。埃及人习惯把猫、狗、鸟做成木乃伊，有时还有鳄鱼；有些用来给神明或保护神献祭，有些作为人类在阴间的口粮。而猫作为备受喜爱的家养宠物，（自然死亡后）会被送到主人的坟墓陪葬。

19世纪末，埃及中部出土了一座大型坟墓，里面有20万具动物木乃伊（大多数都是猫）。一位英国教授记录道："邻村的一名埃及法老……在沙漠挖了个坑，里面埋的全都是猫！不是零散地埋了一两只，而是几十、几百、几十万只那么多。这个坟坑比大多数的煤层还要厚。这些猫咪木乃伊紧紧地挨在一起，像罐头里的沙丁鱼一样密集。"埃及人会把猫的干尸用绑带裹好，仔细在上面涂上油彩并配以装饰，甚至还用青铜盒子装起来。

在现代社会，如果你表明自己想和"爪爪先生"一起长眠，你就会被视为一个爱猫如痴的疯子。这种看法大错特错！人类与动物一起安葬的历史悠久而丰富，你和你的仓鼠不应该是例外。

假设你死了，你的家人来到我的殡仪馆处理后事，说："他生前最爱仓鼠，能让他俩待在同一个棺材里吗？"那我首先要问：仓鼠也死了吗？如果没死，那我就得琢磨琢磨。我是个思想开放的人，但这并不意味着我愿意看到健康的小动物被活埋。人类历史上不乏让动物给主人殉葬的做法，但在 21 世纪，这样做是不道德的。为了让这个话题继续，我先假设你的仓鼠已经死了，尸体状态可能如下：1. 做成了标本；2. 只剩下骨头和骨灰；3. 一直放在冰箱保存。

根据加州法律，理论上我不能把仓鼠的尸体塞进你的衣服口袋，哪怕它已经变成了一小堆骨灰，因为把动物遗体"埋进"人类墓地是违法的。你问我能不能通融一下？这个嘛，不告诉你（你的上衣口袋露出来一只小爪子）。

与加州相比，美国其他州在这方面更前卫。纽约州、马里兰州、内布拉斯加州、新墨西哥州、宾夕法尼亚州和弗吉尼亚州都允许"人畜共墓"，允许作为饲主的你和仓鼠（火没火化都可以）埋在一起。在英国，人畜"共用"的墓地只允许宠物埋在你附近。不过在过去的 10 年间，已经陆续有"共用墓地"允许宠物直接埋入饲主的棺材。

以前大多数州对动物的埋葬地点都没有严格的法律要求，加州也是。漫步在美国最古老的墓园，你会发现有的墓里埋葬的是动物，比如：参加过美国独立战争的战马"莫斯科"就安葬在纽约沙湖联合公墓，狗狗明星"希金斯"（又名"班吉一世"）长眠于好莱坞的"森林草坪"墓园。

想要（强烈要求）和宠物葬在一起的不止你一人。有一个叫"全家福公墓"的运动呼吁所有家庭成员（爸爸、妈妈、仓鼠、鬣蜥）都应该葬在一起。这个运动持续至今，可惜很多州还是禁止宠物埋在人类墓地。这些州认为让宠物遗骨占用人类墓地是对人类死者的不敬，人类墓地只能埋死人，不然就是在蔑视人类的殡葬传统。

我很理解这些人的想法。出于宗教和文化原因，有些人确实不愿意和别人家的宠物狗或宠物猪埋在同一片墓园。而且，大城市的墓地数量越来越少，人类自然不想让大丹犬"萌萌"占据仅剩的角落。

我尊重每个人的殡葬选择。不想和动物埋在一起，可以；想和动物埋在一起，也可以——现在已经有越来越多的城市把"人畜共墓"提上了立法议程。所以，我给你的回答是：是的，你可以和你那个毛茸茸的伙伴埋在一起（我仿佛看到了你们俩手牵着爪在天堂里玩巨型仓鼠滚轮的样子）。不管法律是怎么规定的，也许会有一个殡葬师愿意把仓鼠悄悄放进你的棺材。

我自己肯定不会这么做啦。下一个问题。

# 人被埋葬后，
# 头发还会在棺材里继续生长吗？

———————————

    电视主持人约翰尼·卡森[1]开过一个玩笑："死后3天的你，头发和指甲越来越长，电话却越来越少。"约翰尼竟然想从我冰冷、僵硬的手里抢走手机，我可真是太谢谢你了！我正等着死后有人给我打电话呢！

    不过，死人的头发和指甲真的会继续生长吗？如果我们在你死后30年把你挖出来，你会不会已经变成了一具哥特式披着长发、指甲长达6.5英尺[2]的干尸？

    想象一下，确实有点儿瘆人。我希望告诉你这是真的，但这不过是另一个死亡迷思，很久以前就开始在流行文化中广为流传。公元前4世纪，亚里士多德称"人死后头发也会

———————————

1  译者注：美国著名的脱口秀节目主持人，开创了夜间秀的形式。

2  原注：当前世界纪录保持者的指甲长度。

继续生长"，并解释说只有生前有头发的人，死后头发才能继续生长。胡须也是。如果你是个秃头，死后无论如何都不会长出头发。

这个说法一直流传到 2000 多年后的 20 世纪，当时的知名医学期刊不乏这些耸人听闻的故事，比如"华盛顿特区出土一具 13 岁女尸，头发长至脚踝""医生称尸体头发疯狂生长，竟从棺材缝露出来了""头发像葡萄藤似的在土壤里蔓延"，听起来挺酷，其实纯属虚构。

我不会把这个迷思的广泛传播仅仅归咎于图书、医学期刊和电影，因为从视觉上来说，死尸的头发和指甲看起来确实是长长了。当人们亲眼看到某些现象时，他们就会深信这是科学，但如果看到的只是假象呢？我来解释一下。

作为活人的你，每天头发差不多长 0.5 毫米，指甲生长0.1 毫米。"太好了，又有指甲吃了！"我承认我总在想象一些恶心的画面。

但只有活人的指甲和头发才会生长。你的身体制造葡萄糖，葡萄糖促进新细胞的产生，而手指甲里的新细胞会把旧细胞向前推，让指甲变长，就像挤牙膏似的。头发和胡须也是这个原理，毛囊底部产生的新细胞会把你脸上和头上的旧毛发向外推。等你死了，制造葡萄糖和新细胞的过程就会停止，也就不会再有新指甲和新头发长出来。

既然一切机能活动都停止了，为什么死人的指甲和头发看起来变长了呢？原因不在于你的秀发，而在于你的皮肤。死亡后皮肤会脱水变干，曾经饱满鲜活的肌肤慢慢收缩发皱。你可以去看桃子在一周内从成熟到枯萎的时间推移视频，和肌肤脱水后的变化过程很像。

　　在你死后，手指甲床会因皮肤脱水而收缩，露出埋在基底的指甲，让整个指甲显得比以前更长。换句话说，指甲不是真的在长，而是皮肤缩水让一直存在的另一部分指甲露出来了。胡须也是如此，看起来死人脸上长出了新胡茬儿，其实是脸部皮肤干瘪收缩后露出了藏在皮肤里的胡子。简而言之，死人的指甲和毛发不会继续生长，所谓的"变长"只是毛发和指甲周围的皮肤不再鲜活饱满而引发的错觉。2000多年的谜团解开了。

　　一个有趣的事实是：为了避免让参加告别仪式的家属产生这种错觉，殡葬师有时会把润肤霜涂在死者的面部和甲床上。尸体 SPA，你值得拥有。

# 我能用
# 人类遗骨做首饰吗?

———————————————

在大多数人的想象中,火化基本等于殡葬师把一大罐灰色的粉状物交给死者家属。这些骨灰 —— 专业叫法是"遗灰"——要么待在壁橱的角落里(很遗憾,这种事比你想的要多),要么在撒入海里时被风吹回到你的脸上(《谋杀绿脚趾》[1]里就是这么演的)。这些粉末是你的爸爸,但到底是爸爸的哪一部分呢?告诉你们吧,骨灰是被碾碎的骨头。

既然你已经读到了这里,差不多应该猜到了。不过,你不知道的是,火化炉不会直接"吐出"一袋白糖似的骨灰。由于火焰温度极高,人体所有柔软、肉质的有机部分都会燃烧完,变成烟雾从烟囱飘走,宛如一个在烟囱里逆行的圣诞老人,最后只剩下一些无机骨头,火化工会掏出来给你。这

———————

1 译者注:*The Big Lebowski*,犯罪喜剧片,于 1998 年 3 月 6 日在美国上映。

些都是大块骨头，比如股骨、头骨、肋骨。

处理遗灰一般有两种方式，具体取决于你所在的国家。一种是什么都不做，直接把遗骨放进大号骨灰瓮交给家属。日本的"捡骨"是我最喜欢的殡葬仪式之一，当地人用这种方式仔细处理火化遗骨。

日本的火化率位居世界第一。火化结束后，死者家属拿到冷却后的遗骨，用长长的筷子把遗骨从灰烬中夹起放入骨灰瓮。最先夹起的是足骨，然后一点点往上，最后才是头骨；不然的话，死者就头朝下了。

如果是特别大块的骨头，比如大腿骨，就需要两个人一起用筷子夹起来。家属有时会用筷子把骨头夹给彼此——你用筷子夹，我用筷子接。只有在这种情况下，用筷子传递东西才不会被视为不礼貌。如果你在公共场合这么做，比如在餐厅里用筷子传猪排，就等于是把殡葬仪式带到了餐桌上，你就等着社会性死亡吧。

与优雅的"捡骨"仪式相比，第二种方式可就有些暴力了。西方国家普遍用一种叫作"骨灰研磨机"的机器把遗骨磨碎。这是一个内部装有尖锐刀片的金属罐，启动后刀片高速旋转，然后你就得到了一堆粉末状骨灰。

如果你所在的国家要求把遗骨磨碎，你能请求殡仪馆不这么做吗？美国殡葬法规定火葬场必须把遗骨磨碎至"不可辨别"的程度，好像特别害怕别人能看出来这是祖父的股骨似的。但我知道一些火葬场基于宗教和文化的原因，直接把整块遗骨交给了死者家属。你可以跟殡仪馆打听一下，反正多问无妨。

现在让我们来看看你问题的关键：首饰。你是为了纪念父亲才把他的遗骨做成首饰的（而不是用来进行以复仇为目的的黑魔法），对吧？那么问题来了：真要以父亲火化后的遗骨作为原材料，就必须把骨头碾碎。

磷酸钙和胶原蛋白结合在一起形成骨骼，质地非常坚固，而且能够成功应用在珠宝首饰上的骨头（比如有些人喜欢佩戴动物骨骼胸针）都是经过自然分解、阳光照射、皮蠹科甲虫清理过后的白骨，并不是火化后的产物。

经历过火化炉1700华氏度高温"炙烤"的骨头非常脆弱，因为这么高的温度会导致内部组织和尺寸较小的骨骼完全分解，还会破坏较大骨骼的强度和完整性。火化后残留的遗骨高度脱水，体积变小，内外部都存在永久性损伤。火化炉温度越高（尸体块头越大，温度越高），对骨骼的伤害就越大。

火化后的遗骨布满裂纹，扭曲变形，还特别易碎。有时火化工用手就能捏碎，就像把饼干捏成渣儿似的。虽然骨头的基本形状还在，但表皮和边缘很容易开裂、剥落。你没法用这种状态的骨头做成项链，因为一穿起来就散架。

如果你非要用家人的遗骨做成首饰不可，我建议你使用骨灰。现在市面上有上千种骨灰首饰可选，比如许愿瓶、玻璃坠，找一个可靠的厂家把骨灰送过去，短短几周内你就能拿到骨灰制成的项链坠、戒指等各式各样的饰品。只要你敢想，他们就能做。

抱歉，你想直接用人骨做首饰的美梦破碎了，但你应该感到幸运，因为你不住在德国！我的朋友诺拉·孟金也是一个殡葬师，她告诉我有户人家曾找她帮忙。这家人的父亲在德国度假时不幸离世，取回骨灰的过程非常艰辛，大多时间都得靠谷歌翻译沟通（德语的"骨灰盒"和"投票箱"拼写几乎一样），这是因为德国的法律对于谁有资格和谁没有资格处理骨灰有严格的规定。简言之，只有殡葬师有这个资格。

德国法律不仅不允许这家人把父亲的尸体带回家，还规定只能由殡葬师把骨灰放入骨灰盒并带到墓地埋葬。是的，法律要求所有骨灰必须埋入土里。你要是在德国，别说用祖母的股骨穿项链了，连用骨灰做首饰的机会都没有。

很明显，我亲爱的读者，你不是一个害怕死人遗骨的胆小鬼。如果死者遗骨真的对你意义重大，尽管去殡仪馆和火葬场咨询，不过别指望他们用尸体肋骨做出一个精美的发夹。

# 没用布裹起来的
# 木乃伊很臭吗?

埃及最早一批木乃伊的形成纯属意外。下埃及(大多数金字塔都坐落在这里)雨水不多,气候干燥,再加上充足的阳光和沙漠气候,尸体想不变成干尸都难。直到公元前 2600 年(距今约 4600 年),古埃及人才有目的地把尸体做成木乃伊。

历史上最著名的木乃伊来自 3300 年前,比如图坦卡蒙法老。众所周知,图坦卡蒙法老的木乃伊极具观赏性:用亚麻布包裹的扭曲干尸,数千年来一直保存在堡垒一样的金色石棺里。假如你胆敢扰乱他的坟墓,就会有可怕的法老诅咒降临到你身上。

诅咒是我在开玩笑,但你也不能真去亵渎坟墓。听话就对了。

无论是自然分解还是火化,每一个逝去的地球人(差

不多上千亿人）几乎都化作了分子和原子，消失在历史的长河中。令人惊异的是，只有木乃伊还存在于这个世界上，其完好的状态让我们了解到很多有关古埃及人的信息，比如死亡原因、容貌特征和饮食习惯，每具木乃伊都宛如一粒存储了古代文化的时间胶囊。

现在让我们言归正传：没用布裹起来的木乃伊很臭吗？是的，很臭，但用几百码[1]亚麻布裹起来之后就不怎么臭了。古代的防腐过程很慢，不存在一气呵成（图坦卡蒙死了—裹起来—放进坟墓—下班），光是制作木乃伊就要用几个月的时间。

制作木乃伊首先需要移除内脏。这是一个全程都在散发臭气的步骤。我在殡仪馆工作时，需要从尸体内部取出内脏来修复经过尸检的遗体。如果这个人死了一周以上，尸体已经因为内脏腐烂而胀气，剖开他的肚子则是一次极其痛苦的体验，会有一股甜腻的恶臭扑来。我觉得古埃及人在把死了几天的尸体做成木乃伊时也会闻到这种

---

[1] 1码＝3英尺≈0.91米。

味道，因为他们需要把肝脏、胃和肺从尸体内取出，放入叫作"卡诺匹斯罐"的特殊容器里（由做成兽首和人头模样的瓶盖密封），然后和尸体埋在一起。

你也许听说过，除了这些主要内脏外，还需要移除大脑。有时确实如此。古埃及防腐师一般用铁钩伸进鼻腔或者头盖骨下方的洞，把大脑搅碎。2008 年，一具距今 2400 年的木乃伊女尸的 CT 结果显示，她的头部后方还插着用来捣碎大脑的铁钩（我真心希望这位防腐师收到差评）。但是，有的木乃伊的大脑还完整地留在头骨里。毕竟从鼻腔搅碎大脑难度较大，并不是每个人都能掌握这种技术。

接下来，要把剔除内脏的尸体晾干后埋入天然碳酸钠中，这是埃及人从干涸的湖床上收集的盐混合物。其中的碳酸钠和碳酸氢钠会在 30 ～ 70 天内吸收尸体内的水分，让尸体干燥。所有能够分解死尸的酶都需要水分，所以像做牛肉干似的给尸体脱水可以阻止这些酶发挥作用。

一具没被人为处理过的普通尸体在埃及烈日下暴晒 70 天，会散发出难以想象的恶臭。与这种自然分解的尸体相比，经过防腐师去除内脏并用盐脱水的干尸应该不会那么臭。

用天然碳酸钠处理完毕后，防腐师用锯末、肉桂、乳香等气味宜人的物质填满尸体体腔。这时的木乃伊闻起来应该……还不错？估计和圣诞蜡烛或者南瓜形的香薰味道差不多。

现在就可以把木乃伊裹起来了。这一过程中，防腐师会仔细使用从针叶植物中提取的多种精油和树脂（有助于改善气味）。干尸从头到脚都裹上了亚麻布，绕了一圈又一圈，直到手和脚都捆了起来。记住，把尸体做成木乃伊来防腐是有宗教目的的。那时的人们认为灵魂有多个部分，这些部分居住在身体的不同区域。如果尸体没有保存好，灵魂去哪儿找家呢？但是，只有那些有钱人，才能享受到这种防腐待遇，并且在祷告声中进入豪华的坟墓长眠。

对于你提出的问题，我的回答是：死者死后至少一个月才会进入包裹流程，而且这时尸体已经处于无内脏、已脱水的干燥状态，还用香氛处理过，应该不会很难闻。没有了气味的干扰，就可以进行下一步了 ——让木乃伊在石棺中待上数千年。你的问题是"没用布裹起来的木乃伊臭不臭"，但是21世纪那些出于科研目的而被拆去绑带的木乃伊呢？木乃伊的臭味能延续几千年吗？

好消息是，现在的人不再像以前那样热衷于拆开木乃伊的绑带。19世纪的欧洲极度痴迷于埃及，那时的英国人举办木乃伊"解绑派对"，有些小贩还会卖票给公众，让他们买票来现场观看给木乃伊拆绑带的过程（同时也是毁坏木乃伊的过程）。因此大量埃及坟墓遭到盗墓者的破坏，被偷出来的木乃伊甚至被碾碎成粉末，做成艺术家用的棕色颜料或者入药："吃下两片木乃伊，保你一觉到天明。"

今天的科学家通过 CT 扫描等技术手段就能研究木乃伊，效果不比直接观察和解剖差，用不着破坏已有 3000 年历史的脆弱干尸就能搜集到相关信息。你问拆开绑带后的木乃伊闻起来是什么味道？有些人说像旧书和皮革制品，还有人说像干奶酪。听上去还不错。不要责备这些来自古代的朋友，他们并不臭，你该小心的是那些死了好几周的腐尸。

# 我给祖母守灵时，发现她身上裹着塑料布，殡仪馆为什么这么做？

这是因为祖母身上会渗出液体。这不是祖母的错，我相信她生前是个爱干净的人。但是人体内充满液体，这些液体在人死后会变得不受控制。殡葬业对此有一个术语：渗漏。

殡葬师最痛恨渗漏。对于这些从业者来说，渗漏就是梦魇，他们会想尽办法不让液体从尸体里流出来。不幸的是，有些尸体就是比其他的更容易发生渗漏。假设你的家人花重金给祖母办了场守灵仪式，亲朋好友们纷纷从全球各地赶来参加，只为看她最后一眼。这时的祖母已经过防腐处理，身穿生前最爱的孔雀蓝丝绸礼服躺在配有浅紫色绸缎内饰的棺材里。这种情况下，殡葬师无论如何都不能让祖母渗出水！

那么，殡葬师如何避免渗漏发生呢？首先需要明确"出水口"。祖母身上最容易渗出液体的地方是——不用觉得不好意思——作为器官的"洞"：鼻子、嘴、阴道、肛门。最先流出的一般是黏糊糊的排泄物和分泌物，比如尿液、粪便、唾液和痰，还有好多其他的。如果殡葬师担心出现"惊喜便便"（这是殡葬师最不想看见的"惊喜"），就需要用尿布或者尿垫之类吸水性比较好的东西裹住祖母的下体。腐烂过程中，祖母体内会产生叫作"排泄物"的污物，这是一种咖啡渣似的黑色液体，会从尸体嘴巴和鼻子里流出来。举行告别仪式前，殡葬师会使用小型吸引器（一种带有吸力的机器）清空祖母嘴巴和鼻腔里的污物，然后往里塞入棉花或纱布，以防之后有液体渗出。

上述是典型的渗漏问题，而你的问题是：为什么祖母身上会裹着塑料布？殡葬师这样做有几个原因——注意，这么做不是为了保鲜。祖母又不是超市里的蔬菜，怎么可能用塑料膜保鲜？首先我要问一下，祖母死前有没有长期住院或者久病不愈的经历？如果有，那么当她被运往殡仪馆时，手臂和腿上可能存在因手术、注射、输液、慢性疾病与皮肤老化导致的开放性伤口。这些伤口在年轻人身上很快就能愈合，但对于饱受疾病和老龄困扰的人来说就是种折磨。你要记住，人死后这些伤口会一直存在——既不会结痂，也不会愈合。遇到这种情况，殡葬师就得用凝胶或者粉末让伤口干燥，然后裹上塑料布，防止液体从里面流出来。

一些疾病也会让祖母发生渗漏。如果祖母生前患有糖尿病或者超重，她腿部的血液循环应该不会太好，这就会导致水疱和其他皮肤病。要是发生水肿就更糟了（对于殡葬师来说）——普通人不常听到"水肿"这个词，但这个词足以让殡葬师心生恐惧。水肿是指液体聚集在皮肤下时，身体出现的异常肿胀。造成水肿的原因有很多，例如癌症、化疗、肾衰竭、感染等。不管哪种原因，祖母的皮肤都会肿胀、流脓，薄脆如纸，需要殡葬师格外小心才行。水肿会让祖母遗体中的水分增加10%加仓，想要把如此体量的多余水分"关"在尸体里可不容易。

有时殡葬师担心尸体皮肤里会渗出液体，就会从头到脚给尸体穿上名为"一体套装"的塑料服，外观类似成人尺寸的连体睡衣。如果只是身体某一部分的皮肤会渗漏，殡仪馆也可以选择用分体款式——塑料夹克、塑料七分裤、人造革皮靴等。殡葬师先给尸体穿上这些塑料制品，再在外面套上正常服装。塑料套装厂家的宣传语都可有意思了："不脱线，不开裂，不腐烂！""业内首屈一指！"

你祖母穿的可能就是这种塑料服。但很多殡葬师更喜欢用传统的保鲜膜，就是你平时用来包剩菜的那种，只要没破就不用管它。我有一些过于紧张（也可以说是认真）的同行，先用热收缩塑料膜包裹尸体，包好后用吹风机加热密封，然后再给套上塑料服。

我觉得我们都该问问自己，怎么这么害怕尸体渗出水呢？（我和我殡仪馆的员工也时常思考这个问题。）我们企图控制尸体，但这就跟不让新生婴儿哭闹一样可笑，没法让一具死尸不去做它该做的事。我们殡仪馆采取更自然的方式处理尸体：不进行化学防腐，也不在尸体身上使用化学粉末。而且，如果家属要求自然土葬，就更不能使用这些化学品了，哪怕我们自己愿意也不行。进行自然土葬的遗体，只能身穿未经漂白的纯棉寿衣下葬。

如果由我们殡仪馆处理你祖母的遗体，我们是不会用保鲜膜把她裹起来的，但是我们必须与你进行一场艰难的谈话，坦诚地告诉你在告别仪式上会看到什么——可能是开放性伤口，也有可能是溃烂的皮肤……不管是什么，我们都会如实告知你。你还要记住，有些殡仪馆是因为长年吃官司，才会使用塑料套装和保鲜膜。因为很多家属认为殡仪馆没有给尸体做好充足"保护"，导致液体流出把（昂贵的）棺材和遗体身穿的丝绸礼服弄脏，所以才会把殡仪馆告上法庭。

殡葬师不是魔术师，不管用了多少保鲜膜，尸体都不会百分之百听话。关于什么才是"好"的尸体，不同殡仪馆有不同的见解。在我看来，自然的才是最好的。不过既然你的家人把所有亲戚朋友都请来参加守灵，那么用塑料布把祖母裹起来也可以理解，毕竟他们不想出错。这事最终还是由家属决定。

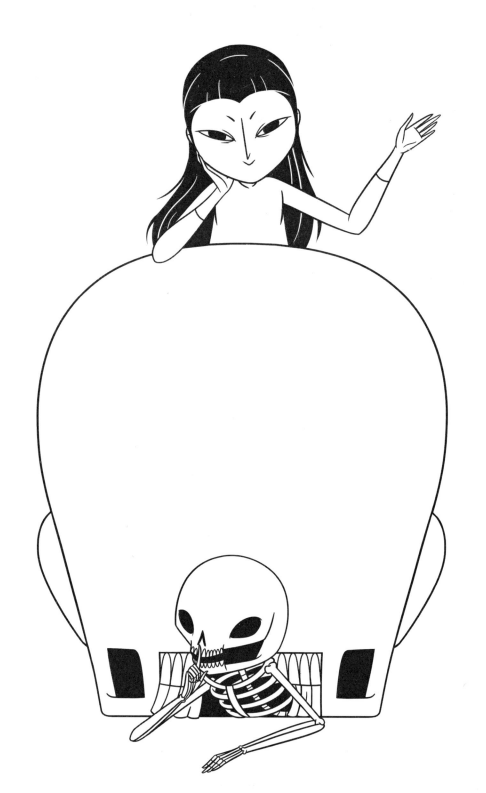

# 致谢

没有"变态小天使"提出的上百个问题，就不会有这本书。谢谢你们这些好奇的小孩，也谢谢你们开明的父母。

我的编辑汤姆·梅耶通常负责高雅的艺术类书籍（阿富汗文化和爵士史之类的），却为了我，把有关尸体便便的内容修改了四次，我怎么可能不感激他？

感谢我的经纪人安娜·斯普洛-拉蒂莫。她有三个完美的小孩，已经快长大了，凯特琳阿姨愿意传授给他们尸体腐烂的知识，作为对妈妈辛苦工作的报答。

感谢W. W. 诺顿的专业出版人能把诸如"哪个标题更好，'奶奶的维京葬礼'还是'猫咪吃了我的眼珠子'？"这种问题特别当回事。感谢负责本书的团队：艾琳·洛夫特、史蒂夫·考尔卡和尼奥玛·阿玛迪欧比。同样感谢负责此书的其他同事：颖苏·刘、史蒂夫·阿塔杜、布伦丹·库里和史蒂夫·佩斯、伊丽莎白·可儿、尼古拉·德罗伯蒂斯-塞耶、劳伦·阿伯特、贝琪·霍米斯基和阿莱格拉·休斯顿。

要是没有路易斯·黄和蕾·考瓦特的火眼金睛和研究能力，我仍在困惑中徘徊。

感谢我的专家朋友：谭雅·马什、诺拉·孟金、朱迪·梅里尼克、杰夫·约根森、莫妮卡·托雷斯、玛丽安·哈梅尔和安珀·卡瓦利。

感谢整个"死亡新秩序"团队，特别是莎拉·查维斯，不让我在这个黑暗、冷酷的世界受到伤害。

感谢魔鬼般的天才狄安娜·鲁兹。

最后感谢瑞安·塞勒——未来趴在我棺材上的人。

图书在版编目（CIP）数据

猫咪会吃掉我的眼珠子吗？ / (美) 凯特琳·道蒂著；
崔倩倩译 . -- 北京 : 中国友谊出版公司 , 2023.1
ISBN 978-7-5057-5485-0

Ⅰ. ①猫 … Ⅱ. ①凯 … ②崔 … Ⅲ. ①纪实文学—作
品集—美国—现代 Ⅳ. ① I712.55

中国版本图书馆 CIP 数据核字（2022）第 105389 号

著作权合同登记号　图字：01-2022-5663

书名　猫咪会吃掉我的眼珠子吗？
作者　〔美〕凯特琳·道蒂
译者　崔倩倩
出版　中国友谊出版公司
发行　中国友谊出版公司
经销　新华书店
印刷　河北鹏润印刷有限公司
规格　880×1230 毫米　32 开
　　　7.5 印张　126 千字
版次　2023 年 1 月第 1 版
印次　2023 年 1 月第 1 次印刷
书号　ISBN 978-7-5057-5485-0
定价　45.00 元
地址　北京市朝阳区西坝河南里 17 号楼
邮编　100028
电话　（010）64678009

如发现图书质量问题，可联系调换。质量投诉电话：010-82069336